AF140823

1

Bibliografische Information der Deutschen
Nationabibliothek
Die Deutsche Nationalbibliothek verzeichnet diese
Publikation
in der Deutschen Nationalbibliografie, detallierte
bibliografische Daten sind im Internet über
http//dnb.dnb.de abrufbar

texte
ewald eden
illustrationen
gafrise & kensise
einbandgestaltung
anett wassermann
foto rückseitiger einband
franz dreidax

ISBN Nr: 9783738612684

Herstellung und Verlag
BoD – Books on Demand, Norderstedt

Een heelet Huus to lääsen . . .

Dat wee loat worden güstern Oabend. Ji weeten joa ok säker wo dat is. Man word hier noch uphollen – man schnakkt dor noch een Word mehr as man eelich vöör har, un wäch is de Tied. Ikk hör nu mennich Mannsbild nikkoppen un denken, dat käen ikk van mien Froo. Oaber glöövt mi – us Mannslüü geböört dat netso foaken. Na – is joa ok liekers. Schmörgens wee ikk noch bi mien Schrieverkolleechin wäst – wi mussen wat unwichtichs bekoakeln. Wenn see nich to mi sächt har, ikk moot mi nödich hensetten to schrieven – dat har angoahn kunnt wi seeten nu noch tosoamen. Dat blods mit an de Kant. Een Geschicht seet hör dwarß in d' Böst – de wull un wull nich an d' Lucht. See wull all de Schiet in de Ekk schmieten – so vergrellt wee see. Buten weesen ok noch de Handwaarkers togaang – een Sömmerhuus för de Winterdach to boon – un dat, wat see för hör Roadiosendung to Papier brengen muß, seet hör in d' Nakk as een Seeülk vöör d' Wangerooger Looch.

Bevöör dat denn anfung to dönnern hevv ikk mi gau verkrömmelt – wiel, vöör Gewitters hevv ikk jümmers noch bannich Manschetten.

Weeten wull ikk nu oaber doch, ov see dat, wat see sükk vörnoahmen har, aal henkräägen har. Wiel – ikk bün joa nich neeschierich – mi leech dor eenfach wat an. Ikk har mien Schluuren noch gannich an, dor hevv ikk all bi hör anpingelt. See wee ok furss an d' Schnakkfatt – net as wenn see dor up sääten har. Mien eerste Froach – wat moakt dien Kind? Oohh – sächt see – dat is good worden – wi köänt dor vanoabend all in

4

sitten. Nänä – ikk meen nich jo Sömmerhuus för de Winterdach – ikk meen dien Schrieveree. Oohh so - de is ok kloar – kreech ik to hörn. Un denn löpt dor noch achteran – de Geschicht to schrieven hett netso laang düürt, as dat Huus to boon. Kiek – un dat meen ikk mit: Een heelet Huus to lääsen.

━━━━━━━━━━━━━━━━━━━━━━━━━━━━━━━━━━

Een is nix - un nümms is wat . . .

Us Frünndin is van Natur hoast so as ikk - hoast säch ikk - denn see is joa een Froominsch. Wenn ji weeten wat ikk dormit meen.
Steenbukken as wi sünd, rieten wi foaken an dat sülvich Tauennen. Drufelhaftichkeit möächt wi ganich - wi stoat an leevsten alleen in d' Köäken, un röört in de Potten - so as dat nödich deit.
Wat dor denn bi rutkummt, kanns meesttied good verknusen - ok wenn de een ov anner Stoolwaarmholler dor een scheeven Achtersten bi trekkt.
Wi kieken mit us Pennholler dör de Welt, un loaten dat wat wi seecht to Papier lopen.
Sien Läävdach hevvt irgendwekke Minschen versöcht us in een Vereen ov so'n äänlichs Spillwaark fast to tüddern - dat geit nich, hevvt wie sächt - denn ritt us dat de Brägen utnanner - hevvt dat ok jümmers good wiet wächhollen kunnt.
Bit up een - tweemoal, de wi dat versöcht hevvt. Dat is meist ok so liekut in d' Büks goahn - as bi Minschen, de heel genau weeten, dat see to d' hieroaden nich döögen - liekers oaber jümmer wäär Joa särgen.

Een langen Tied har dat good goahn - un denn hett sükk us Frünndin wäär breetschloahn loaten - eder nich ut Övertüügung, woll mehr üm dat ewige Nöögen een Ennen to moaken.

Wat hett dat Drufel van Vereensmeier sükk hööcht, dat see so een quekksülvriegen, weltlüftigen Minschen to-wunnen harn.

Bi de eerste Versammlung wull us Frünndin man ähm mit de natte Finger in d' Lücht spöären, ut wekker Richt de Wind stunn, dor seet see ok all in d' Festutschuß.

See keem sükk vöör as so een Wicht, dat good to Wäech is - un bi d' Bäedenmoaken faststäelt, dat see wat Lütts kreegen hett.

Nu worhen mit d' Kind in d' Koal? Van Natur sörcht „Froo" joa all dorför, dat dat Kind waarmhollen wurd. See hett sükk düchdich inbrocht - hier Ideen henschmä-ten - dor achterto besörgen - hier wat schrieven - dor wat in d' Richt buugen. See is bi dat foaken stuur Waark ok van nümms stört worden.

Blossich - wenn dat dör hör Doon allens licht un lieklang leep, keem see vöör Gekauel van de Experten gannich to Word. Dat gung een Tiedlang so - see schnakk heel nich mehr över hör Vereen. Un machs bi sowat froagen – denn keem man sükk joa rein nee-schierich vöör.

Laang kunn dat oaber nich mehr goodgoahn - hör anners so moi Hoar wee nich mehr an gliemen - dat fiene Gesiächt kreech een geelschen Klöör, un an d' Lääven wor see kaarnmelksmoager.

Dat wee wüggelk nich mehr mit antokieken. Ikk har mi all een poarmoal van binnen een Stööt gääven - oaber so een stoafastet Minschenkind wat to särgen - dat faalt all düchdich stuur.

Kiek - as dat in d' Lääven foaken so is - hett sükk dat wäär van sülvst trechtlopen. An een Vöörjoahrsoabend tikkert mien Froo mi an, un wiest in d' Noabertuun. Us Frünndin har eelich in d' Versamm-lung sitten mußt, dat wussen wi. Oaber nää - see steit in Boadtüüchs up d' Hoff, un is düchdich mit Woater an kleien. See wee dorbi an singen un an tütern - dat geev rein keen kloared Bild. Mit een Been stunn ikk all up d' Sprung - ikk tööv blods dat mien Froo mi antikkern de, ikk schull hengoahn un hör froagen. Oaber nä - dor keem nix. Nu meen ikk all jümmers, ikk bün nich neeschierich - mien Froo is dat joa woll noch minner. Örnungshalwer bün ikk denn ut mien eegen Begeer to hör rööverschuffelt – dat is mi stuur fallen, dat köänt ji mi glööven - un hevv so ganz unbedeelicht froacht: „Is di dat nich to kollt - un muß du nich eelich up d' Versammlung wääsen?" See weih aal wat för mi hen un her – hoast so as Claudioa Schiffer up de Malediven - un denn kreech ikk to hörn - kollt is mi dat woll, un Versammlung is nix mehr - oaber dat Reinmoaken is nödich - dat stunn mi näämich bit an d' Halsgatt - mit disse Festutschiß!"

Een Kantorleiden . . .

In d' Olldach givt dat joa een büld to beschikken – man moot hierhen – man moot dorhen – un sass moot man ok moal up een Amt.

Up een Amt muß ikk de letzte Doagen ok. Wat ikk dor
schull, dat wuß ikk eelich sülvst nicht so recht. Ikk har
een Tiedlang vöördem een Andrach ovkgääven. Nu
wee mi Bescheed in d' Huus fluttert – ikk schull mi dor
sehn loaten!
Nä, nä – nich dat de Soak all ovhüdelt un genäämicht
wee – so wee nich!
Wor lääven wi denn? Bi Preußens is dat all jümmers so
wääsen, dat nich so flink schoaten ward.
Also – in dat groode Huus weesen woll an de dartich
Amtsstuuven. Ikk hevv hör nich nipp un nau tellt. Nich
dat nu de een ov anner meent, ikk kunn nich bit dartich
tellen – DAT kann ikk wiers, denn so dööäsich bün ikk
doch woll nich.
In aal disse Kantors sitten Minschen, de irgendwat
amtliches beschikken. Schull man meist üm meist
annäämen. Denn worför sitten see anners dor – hevv
ikk bit nu in mien kinnerhaftigen Verstand tominnst
glöövt. Ikk wee disse Schrievdischsitters all so een
bäten an beduuren.
Een ölleren Andrachsteller – de all säker een Stünn'n
langer tööven de as ikk – un bi mi ween dat all twee
Stünnens – hett mien Denken denn noaderhand rein ut
d' Richt brocht.
Wi drufelden us dor woll noch mit Stükk ov wat tein
Lüü vöör een Dör rüm. Aal mit dat sülvige – ov hoast
dat sülvige Begeer. Een Minsch wee all de Onibus
wächfoahren, de kunn nu eers Oabends wäär noa Huus
andoal. Man kann sükk licht utmoalen, wu de
Stimmung wee. Denn - de anner nägenuntwintich
Dören ween schiens bloßich för de Hülpslüü dor.

Aal fiefmoal Oogenblenkern seech man de Kantor-
minschen van een Dör in een annern wesseln. Meist
ween dat Froolüü – as dat nu moal so is bi de Behörden.
Un komisch is dat – de meesten lärgen een heel
besünner Gangoart vöör. So een bietji is dat Bedenken
in mien Kopp, dat de Minschen, wenner see in so een
Amtsstuuv anfaangen willt – dat amtliche Lopen extroa
bibrocht word.
Dorför mooten see denn de Frünnelkkeit tägenöver de
Besöökers– dat glööv ikk hoast – intuuschken.
Noa so Stükk ov wat hunnerd bit tweehunnerd-szäßtich
moal een amtlich Achterdeel an us vöörbischuffeln
sehn, sää doch dissen öllern Kierl verrafftich to sien
Noaber: Weets wat Hein – bi jeden tweeden breeden
Froolüümors de di in dien Läven över de Padd löpt,
kanns wiers wääsen – dat dat een Froominsch is, de de
heele Dach in Huus sitt, un Beerbuddels tellt – ov dat is
een, de up irgendeen amtlich Kantorstool sükk dit
Leiden wächhoalt hett. Kiek – un dat meen ikk as ikk
sää – he hett mien Denken ut de Richt brocht.

Een links, een rechts, twee fallen loaten …

Vandoach sücht man dat allwäär foaker - Froonslüüd
sitten tosoamen bi een Klöönschnakk ov vöör de Kist
mit de lopend Billers un sünd an strikken. In mien
Büksenschietertied seech man hoast keen Moder ov
Deern, de mit Hannen in d' Schoot seet - överall klipper
un klapper dat - strikken - häkeln - stoppen - neien - dat
wee meist Huusmusik. Wenn de Köäkenoaben denn

dorbi an knistern un knastern wee, un de Sprenkels van dat Füür leepen an de Dekk lang - denn kunn d' ok good angoahn, dat de Wichters - liekers ov jung ov olld - anfungen to singen. Een weeken Puustmusik ov een van de Mannslüü mit een Trekkbüdel mook dat Bild rund. Mien Kusin Metoa - wat mien Moders öllsten Süsters öllste Deern wee - de wee joa noch ut disse ollerwelsche Tied. Hör Ansichten weesen tiedlööpich - nich dat nu een meent, see wuß nich wat een Köäkendreier ov een Huulbessen is. Nä, nä - well dat denkt, de hett Metoa nich kennenliert - de wee sowat van weltoapen - sogoar bi d' Schlukkdrinken kunn see dat so mennich Kerl hollen. Wenn Visit keem, wee see blied, in d' Röäkelstool sitten blieven to köänen. Wiel - see wee noch gannich in d' Wesseljoahren, dor kunn see all nich mehr bestich to Foot. De Knoaken, de een Froolüümors breet moaken, weesen verschlääten.

Bi Metoa Visit oahn Tee dat wee as een Froominsch oan Böst - oaber netso hör denn noa d' Teedrinken een lütten Sööpke dorto. Laang düür dat meist nich, bit de eerste Buddel güüst wee - denn laang Metoa so in Sitten üm de Dörpoal in d' Schloapkoamer rin - un har een neän Buddel in d' Füüsten. De stunnen dor so up d' Grund - moi handwaarm. Well glubsch keek un de Nöäs kruus mook - vanwägen de Blööm van de waarme Genever - de kreech körtballerich to hörn: De keen waarmen Schlukk mach - de is een Lekkerbekk. Kiek - un nümms sää mehr wat! So is dat in d' Lääven - brukt blods een Respektsperson wat särgen, un stuuv is dat Gesetz - mach dat ok noch so klüterhaftichs Tüünkroam wääsen. Wenn ji dat so hört, seecht ji all dat Metoa good mit de Tied goahn is - blods dat Noadelklappern, dat har see van hör Deernstied an nich ovlächt. Dat geev nix, wat Metoa nich all in Maschken kledd har. In d' Öller is dat denn in d' Kopp bi hör so'n bietji dörnanner lopen - nich dat see as Dwarßlöper över d' Footdeel kroop - nänä - well hör Geböören nich mit vöörtieds verglieken kunn - de keem dor heel nich achter. Blossich Sini - hör Dochter - de stunn dor mirdenmanken, wenn see sää: wor kriech ikk blods aal de eenbeenigen Kreechsinvaliden her - Moder strikkt in een Tuur linker Sokken.

Een lüütji Denkmoal …

Dat wee een Settji noa de groode Weltenbrand. Dat Füür wee woll ut, oaber dat buten ümto kunns noch good ansehn dat dat düchdich luntjet har.
För eenfach Minschen – de nix in d' Schapp ver-stoaken un dör de Tied brocht harn – wee dat man een bannich haart Gnöösen.
Up us Noaberschkupp woahn een jung Famili. Jüüst dat see freet un son lütten Ovlärger tüücht harn.
See woahnden to ,Untermiete'. Wenn vandoach jünger Lüü dornoa froachst, de weeten rein nich mehr wat dat heet. Mit een Koamer mussen see utkoamen – dor bi us Noabers ünner d' Dakk.
See harn keen Boadstuuv för sükk, un Klosett geev dat blods een in d' Huus – stuuv an de Buterdör. Dor wee keen Schloapkoamer un keen Köäken up de twalf Veerkantmeter. Tüschen de Müüren, de disse twalf Veerkantmeter utmooken leep dat Lääven.

Dor wuur koakt – dor wuur äten – dor wuur wuschken – dor wuur schloapen – dor wuur sükk taacht un dor wuur Leevde moakt.

Wenner dor denn all soveel tüschen de Müüren wee – mach woll de een ov anner meenen, de sükk dat van rüggels bekikkt – denn wee dor doch heel keen Bott mehr för Freud.

Oaber goa man mit dien Denken een bietji nörder ran an dat ole Bild – denn spöörst du de Bliedschkupp, de domoals bi aarm Lüü to Huus wee.

‚Hein duk di' nöömden see aal denn grooten moagern Keerl, de elker Mörgen bi dat eerste Hoahnenkreien ut Huus gung. Schoon un schier, mit sien klöäterich Tüüchs an d' Liev. Üm to Foot de dartein Kilometers bit noa d' Köälenhoaben to lopen, üm dor föör Jan Eilers de Waggons, de ut Köälenpott keemen, to entloaden – mit Schüpp un Förk. Elker Dach mook he twee groode Frachtwoagens leddich. Een Mark un twalf Pennings kreech he dorför in d' Stünnen. Jeden Dach de he van düster bit düster scheppen – un denn wäär to Foot de dartein Kilometers retuur noa de twalf Veerkantmeter in de sien Anni up hüm tööf. Sien lütten Jung de kreech he blods in Schloap to sehn, Schloap de he sülvst foaken för Schmacht nich finnen kunn.

Nich dat ji nu meenen, dat is d' denn wääsen. Nä nä – wenn us Moder schnaas an d' Neimaschin seet, üm föör anner lüü Kledoasch torecht to güddern, denn pulter schmoals wat an de Dör. ‚Hein duk di' har noch een Striepen Hellerd dör de Verdunklung schummern sehn, un schmeet Moder een Sakk Köälen in d' Deel. As bedankt för moal een Büx för de Jung – moal een Kleed för sien Anni, ov moal een reschkoapen Pott Äteree för

12

see aal dree tosoamen. De Köälensakk har he de dartein Kilometers up d' Nakk droagen. Tja – un de Waarmte, de us domoals de Köälen in d' Huus brocht hevvt – de hett mi nu de Stoff gääven för dit lütji Denkmoal an ‚Hein Duk di'.

Een oapen Breef an Charly Arnecke …

Mien leeve Frünnd – ikk hevv vöörmörgens dien neeä Speegelploatje krägen. Ikk moot di glieks antern. Dat will ikk nu nich stilkens un saacht doon – ikk moot dat luut särgen, dat dat jedeneen hören un lääsen kann.
Villicht dreit sükk dordör dat een ov anner „Denken" in us Plattdüütschland wäär in de richtige Richt.
Sied Hannes Flesners Ovläären hett nümms dat Lokk stoppen kunnt, dat he domoals achterloaten hett.
Endlich – endlich – dat dröff ikk woll särgen – kann man wäär över disse Padd lopen. Un noch eens – mien Frünnd – hevv ikk glieks spöärt – de Wind weiht frischker dör de Musik as vöör twintich Joahr. As wenn see dör de Jungmöälen dreit worden is. Mien Booken „dwarß dör d' Lääven" de hevvt hör Muskant funnen.
Ikk dank Di mien Frünnd – un dit Bedankt dröffst Du so wiidergääven an Bernhard Ulferts – ov bäter, deel Di dat mit hum.
Dat muß ikk losworden – anners wee ikk dor an ovstikkt.
Haartlich Gröten stüür ikk van Freesland in d' moie Brookmerland.
 Charly – holl di munter un moak wiider so –

13

Dien Frünnd Ewald

Mien Frünnd Charly kann nich wiedermoaken – he is
an Stillfreedach 2005 nich mehr upwoaakt ...

Een oapen Breef an Karin Evers-Meyer MdB ...

Leeve Karin Evers-Meyer,
de „Delegiertenkonferenz" van de Sozis in Jewer is joa
nu all güstern. Ikk dröff dat so särgen, denk ikk – ikk
bün näämich för good szästich Joahrn ok in so een
Waarkerhushollen ringeboren. In een Waarker-
hushollen, in de Paul Hug un annern ut disse Riech
noch mit an d' Disch hukelt hemmen.
Kiek – un doarüm leeve Karin Evers-Meyer – doarüm
blödt mien Haart. Mien Haart blödt över jo Doon – jo
Doon, dat ji as ‚Enkel' as ji jo jümmers so moi
beteekend, elker Dach wäär doot.
Un elker Dach poast ji de Minschen in d' Mors, de ji
eelich säker dör de Tied föörn schöält.
Ikk mach nu nich särgen, dat de ‚Annern' – ikk meen
Politikers van de anner Siet – bääter sünd as ji – as du
un du un du dor in Berlin ov annerswons. Dat nich!
Utnannerhollen kann man jo so blods noch an de Klöör
van jo Parteikleedoasch.
As du denn in dien Voaders Stappen rinstappt büst,
hevv ikk dorcht – na ja de Deern van denn ollen Evers
schall woll dorinwassen.
Dat denken har ikk mi spoaren kunnt. De Deern is nich
dorinwussen. Dien Särgen in Jewer – nu jüüst vöör een

poar Doach – hett mi dat wäär düdelk vöör Oogen
föört. Wat du dor sächt häst över dat Verhältnis van de
Ollen to de Jungen – dor haast du di ok glieks up d'
Schlöttploatz henstellen kunnt, un heel luut bölken, dat
de Ollen nich mehr in de Gesellschkupp paasen.

Een Originoal . . .

De Welt verlüßt an Buntheit - nich de grode
Woahnploatsen - de luuden Milljon'nmetropoln mit hör
Köälnstofflucht un de dusend Fensters in een Riech -
mit dat noakend Fleesch un de Colamoroal. De lütji
Dörpen - dat wiede Land blödt ut. Söök man een Tant
Emmoa-Loaden mit een Gurkenfatt un Schuufens föör
aal de Olldachsklüterkroam - kiek man ut noa hukelige
Krööch, wor de Piependamp van hunnerd un mehr
Joahren an d' Böän sitt. Wor de Krööger Moin sächt un
mit fief Wöör söben Biller moalt. Wor noch een in d'
Hörn sitt un mit sien Trekkbüdel Musik moakt van de
di nich de Oorn van d' Kopp faalt. De Karakterkoppen
mit binnerwendige Ekken un Kanten worden minner.
De Lüü köänt vandoach bäter mit Kompjuter un Läptop
ümgoahn as mit tohörn un denken. Dat is noch gannich
so laang Tied her, dor geev dat noch Originoals - so as
Fritz Buschker in Wiefels, de van sükk meen dat he
bekennder wee as Jesus - ov Thedi Busker - de ole
Hoabenkoptein up Hooksiel, de vöör Dörst stoadich
Busten in d' Tuung har. Foahrmann Makki Bothe - för
Generatschonen van Jewers Kinner de Sünnerkloas –
un Adele Tiessler mit hör ‚Cafe Duk di' an d' Rüster-

sieler Stroat gehörn ok in disse Riech. Een heel besünnered Originoal seet oaber up dat Eiland Nördernee - weeten ji dat noch, de ji dorbi wäst sünd? Glieks achter d' Denkmoal - Hinnerk Klausen, de ole Wattföörer - tweemeter hoch un eenmetersömszich an de Siedelskanten. Wenn Dokter Stiekelwier moal weeten wull, wat Hinnerk so an Läävendgewicht up de Wacht broch, denn muß de Melkbuur Meyer mit sien Dreeradkuffi dorher un mit Hinnerk noa Spedi-Fischker sien Veewacht to verfrachten.

Dreehunnerdfüfftich Pund wies de Wachtbalken meist an. Hinnerk har woll een Stüürmannspatent - oaber nich för een Landfoahrtüüch. Kutterkoptein wee he moal wäst. Up d' Drööchte un an Land dee dat för hüm een oled Doamenrad - dat wee Boojoahr nägenteinhunnerdsöben. ‚Gritzner' kunns dor noch an läsen. So een neemodsch Rad as de Fietsen vandoach sünd, har woll noa d' eerst bestiegen van Hinnerk de Flöägels hangen loaten. Nich so Hinnerk sien Neimaschin - as he jümmer sää, wenneer he sein Rad meen. Hinnerk we een Wattkünnigen up eegen Räkning - sien Kantor har he jümmers bi sükk bi. Twee Gewaltstaaschken hungen an beid Sieden bi d' Lenkstaang doal - un wenn dat in d' Watt gung, denn har he de in d' Füüsten. „Dor is wichtich Reev in" - dröän he mit sien rüsterk Iisenstiäm - wenn moal een partuu weten wull, wat in de Reisekuffers denn in wee. Schooster Holtenspieker har oaber ok een poar Glanzstükken van Läertaaschken moakt - dor kunn een Seemann dreemoal mit ovsupen - dat Läer wur blods bäter. Kiek - un wenn he denn mit so Stükk ov wat Boadgasten dör d' Watt stöäkel – he wee jümmer as een Oant vöörnwäch un de annern in

een Drufel achter hüm an - to vertellen wuß he wiers
genooch – denn drei he aal poar hunnerd Trää sien
Nakk sinnich noa achtern - wies mit sien Ballerschküp-
pen van Hannen in d' Lücht - un hier - un nääman - un
sowat seltens - keem denn ut sien Schwienskopp mit de
lütt Mütz dorup. Füfftich Koppen dreiden sükk netso
noa achtern un pliesten in de Hääven. Jedeneen wull
nix van dat verpassen, wat dat dor gannich to sehn
geev. In een Klukk har Hinnerk achter d' Rüärch van de
Kiekers een Buddel Beer ut sien Kantortaasch leddich
moakt - un noa een Gewaltsbölk keem denn van hüm:
Lüü - nu is d' to loat - nu is nix mehr to sehn - loat us
man wiedergoahn.

Een richtigen Sömmer ...

De Sömmer vöör d' Joahr hett aal, wat so een Sömmer
hemmen moot. Dat Quekksülver drifft sükk all länger
Tied up Günntsied van de dartich rüm. In heel Jurop
word dat Woater minn. De itoaljeenisch Stoatssekretär
hett dat woll vöörutsehn, as he sien Sprööak över de
grootmuligen Düütschen losloaten hett. Soveel Düütsch
Boadgasten as in de anner Joahren kunnen see in dat
Süüderland up Stünns gannich verknusen. He hett denn
ähm up sien Oart dorför sörcht, dat een Deel in Huus
blääven is. Moot man hüm doch verrafftich noch
dankboar för wääsen. Wenn he sächt har – Lüü, koamt
för d' Joahr nich hierher – wi sünd an verdörsten, har
he wiers sovöäl Kiekers in d' Land hat – dat har woll en
Katastrofe gääven. Up de een ov anner Oart marken wi

dat mit de Waarmte bi us ok. In mennich Kopp is näämich towenich Fuchtichkeit – dat Denken löpt nich mehr so lieklang de Brägenwindungen. Man kummt dor sülvst foaken gannich so recht achter. So as Hanne vöörmörgens. Hanne dat is van mien Kusin – wat nu wäär de jüngst Dochter van mien Moders öllste Süster is – also Hanne dat is van mien Kusin de Dochter. See pingel mi vermiddach an. Heel dörnanner wee dat Maidje in d' Kopp, as see anfung to röädeln. Ikk hevv hör eers wat hen un herlopen loaten, bit ikk hör froacht hevv, wat see mi eelich vertellen wull. Och joa – keem dat denn verbiestert – Ewald - ikk wor olld. Wat schull ikk anners särgen as: Mien Deern – dor vertellst du mi nix nees – dat maark ikk sülvst elker Dach – vöörmörgens muß ikk doch verrafftich eersmoal tokieken, ov ikk noch in d' Nüst leech – wiel een mit mi an d' Telefon schnakken wull. Oaber nä – dor wee see nich mit tofrää. Dat is bi di joa noormoal – du büst joa ok dääch Öller – sowat kreech ikk to hörn – ikk, wor ikk doch noch keen een gries Hoar up mien Köäsel hevv. Näman – kummt dat ok allwäär van hör dör de Droaht - wat mi nett ähm ünnerkoamen is – du glöövst dat nich - bi mi is dat reinwäch wat eernsthaftichs – ikk mach Dieter dat gannich vertellen. Dieter is dat Manns-bild wat bi hör bihört. Ganz näävenbi köänt ji doran moal sehn, wo hoch Hanne – wat mien Kusin hör Dochter is - mi inschkätzen deit. Ikk wee in d' Stadt, sächt see – wat för d' Huushollen to besörgen. Bi disse Waarmte kanns sowat joa bäter all mörgens doon. Koam ikk doch jüüst körtpustich un schweeterk noa Huus – wat seech ikk all van wieden? Steit doch so een ollen blikkern Koar up mien Parkplatz. Jungedi – wat wee ikk binnerwendich an d' schellen. Is sovöäl Bott de heele Stroat langs – nä – moot sükk een son Leulapp van Autofoahrer jüüst vöör mien Huusdör breet-moaken!!! Un wat schall ikk di särgen – as ikk stuv tägen dat Hüdschefüdel stillholl, üm to sehn well dor so unkloog is, dor maark ikk, dat ikk up d' Foahrrad sitt – un dat moie Auto – wat dor up mien Parkplatz steit - mien eegens is.

Een ruugen Hund ...

Soveel Minschen dat in de Welt givt, soveel verscheedens sünd dat ok woll. Oaber as dat so is – van de een kanns doagenlang vertellen, un de anner krist in de groote Faarvpott gannich to sehn.
So een ‚kanns wat van vertelln' is een poar Joahr mit us dör de Tied lopen. He beteeken sükk sülvst jümmer as Indioaner. Noch to Riekstieden har de Störk hum ut een Woaterpool in Wanne Eikkel trukken. He wees een ächten Köälenpottjung. Van buten wee he knustich as een Eekenboom un bruun as een Törfsood. Dööpt worden wee he mit Emscher-Woater. Dat is son lüütji lopend Woater dwarß dör d' Köälenpott. Dat Woater rook stilkens su, as wenn Avteeker Pillndreier in siene Mengselpotten togaang wee. Wenn dor een normoal Minsch sien Beenen inhull, denn ween dat noa fief Minüten blods noch Knoaken. Kiek – un in dat Woater gungen de Jungs boaden.
Well dor denn mit dör wee, de kunn dat Lääven mit nix mehr taargen.

19

Wi läävden ok son bäten as ‚Zigeuners' up us Tuuren dör de Welt – un dat gefull ‚Texas Bill' as wi hüm nöömden.

Een büld Ruuchwaark un een spierke Vergnöögen wee dat stilkens.

Us Morsen kunnen nargends Wuddeln schloahn, wiel wi joa up keen Stää laang genooch seeten. Dat trukk us van een Boostää noa d' anner. Wi reisten van dor wor de Minschen flinker schnakken as een Gewehr scheeten deit, bit dorhen wor man an d' heele Dach blods dree Wöär sächt. De dree Wöär Gägenden leegen us bäter – wat Oostfreesen wiers verstoahn köänt.

In disse Joahren hett Texas Bill us so mennich Spill-waark wiest, van dat een normoal Minschke ni wat to weeten kricht.

He kunn ton Bispill mit een Kluten in hunnerd Meter een Duuv van d' Dakk scheeten. Disse siene ‚Fertich-keit' hett us in dat rheinsche Köln moal aal Mann vöör Jachtern in d' Büks miegen loaten.

Een Kolleechenbedrief de mit us reiste, de keem ut dat saarlandsche Sankt Ingbert. De Handwaarkers harn in hör Tohuuskuntrei keen rechdet Utkoamen, un trukken – so as wi ok - van hier noa dor. Stilkens de Waarkeree achteran. De Familin schullen joa nich schmachten. Dat geev tüschen us blods een gewaltigen Ünnerscheed – us gefull dat Herumtrekken, un wi harn nümms boaben us. De Kolleechen ut dat Saarlandsche dreev de Nod, un see harn een klöötenbietrigen gnadderigen Keerl as Boas. Wenn he aal poar Doach up de Boostää updüüken de, denn meen he dries to us, wi schullen de Musik ovdrein. De Boostää wee keen Konzertsoal. Sien Lüü weesen ton knoien dor, un nich üm Musik to hörn.

Häst allmoal een Oostfrees beläävt, de sükk de Teepott wächnäämen lett? Dormit kanns dat verglieken. So een Geböören dat giel joa noa Vergeltung. De hett denn ok nich laang up sükk luuren loaten. Villicht hett de leev Gott dor son Tikk mit an dreit. Well weet dat all so nau. Stuuv tägen us Boostää stunn näämich een katholschen Klosterschool.

Dat wee Moandachsmörgens jüüst noa d' Frööstükk. De Deerns up d' Günntsied harn nettegroad groode Paus, dor jocht de Seehund mit sien Krüdelkoar up d' Waarft. Seehund hevvt wi hum nöömt, wiel he mit sien Boart utseech as een Woaterhund. De Koar kummt stuuv vöör d' Dönnerbalk ton stoahn, un de Keerl flücht man so in d' Schiethuus. He har dat anschiens düchdich drokk in d' Büx. De Dönnerbalk wee noch so een sani-tären Inrichtung as dat vöör een halv Joahrhunnerd so goaelk wee. Över een Lokk in d' Grund stunn een Kist mit een Dör.

Up disse Boostää wee dat een Kist ut de Iisentied – de wee näämich ut krüselt Blikk.

Wi harn us noch gannich recht van us Sönndachsbrand verhoalt, un stunnen mit Stükk ov wat Keerls in de tweede Etoasch an d' Finster to schmööken, un ok woll üm een bietji mit de Deerns ut de Klosterschool to jachtern.

Blitz up Schlach wuur de Seehund ‚Texas Bill' siene Beute. Us Indioaner laang sükk een rotklöärigen Tichelsteen her – tell sinnich bit füfftein – un denn galler he mit de Spröäk: „Nu hett he sien Büx ünnern" de haartbraant Tichelsteen up dat blikkern Schiethuusdakk. Een Kanonenschlach ut Krupps Berta wee nix dortägen. Wi kunnen dat dönnern noch hörn, dor flooch all de Schiethuusdör open, un us Seehund stoof mit de Büx up d' Hakken un noakend Mors noa buten. Dat is denn sowat as de letzde Vöörhang in d' Theoater wäst – de Seehund hevvt wi up disse Boostää ni nich mehr to Gesicht kräägen.

═══════════════════════════════

Een Sönndach in Jübberde . . .

Jübberde – hevvt de Minschen mi foaken froacht – wor licht dat denn? Nich dat ikk nu een besünners Klooken bün, oaber doarup kunn ikk antern. Jübberde is een lüütji Dörp in d' – so heet dat woll up Hochdüütsch - „Landkreis Leer". Van Jübberde kann man woll noa d' Ammerland röverspeen – wiel, Westerstää licht man een handbreet noa d' Süüderkant up Ollenborch to. De „Regeern" in Leer is dortägen all een bietji wiider wäch. Liekers kummt ut alle Gemeenten in de politische Kring Stöähn för dat Deertenhuus in Jübberde. Un jüüst dissed Deertenhuus har de Minschen van ümto un wiiderher nöcht hertokoamen, un sükk moal antokieken, wor dat dor so togeit. Allens moal vöörtostellen – un villicht dat een ov anner Minschenkind antotikkern mittodoon. Mittodoon, dat Deerten in een stuure Loach so een bäten hulpen word. Mit dorbi wee ok de buntklöärige Koo ut Moormerland. Disse buntklöärige Koo is keen Läverant för Melk, Botter un Kees – disse buntklöärige Koo is een Kring van Lüü, de Derten helpen, wenner see wüggelk in Nod sünd, in Läävensnod. Ikk hevv selten in soveele dankboare Oogen sehn as an disse Sönndach. Ikk hevv de Besöökers nich tellt, de sükk up de Padd noa Jübberde moakt harn. Loni Lenz ut Leer un Fritz Werner ut Ennepe bruksen an d' Ennen van de Dach ok keen „Gage" tellen – denn de beiden hevvt de heele Dach sungen oahn Doalers dorför to fördern. Äten un Drinken geev dat van schmörgens bit oabends in beste Utföörung – ikk hevv Minschen selten sükk so de Fingers schlikken sehn. De Kookentoafel de de Froolüü ut de Vereen bistüürt harn de kunn mit de beste Bakkeree mithollen. Ikk moot särgen, wenn ikk mien Sönndachshoot uphat har – de har ikk wiers för soveel Bemööten trukken. Dat wiesen, wat Hunnen köänt – wenner see up de richtige Oart anläärt warden – mook dat Drieven up de grode Hoff rund. Ikk för mien Deel mach särgen: Dat wee een moien Dach in Jübberde.

Een Stükkji Haart . . .

Güstern wee ikk in Hannower - ikk hevv een Noabersch un hör Süster noa d' Fleeger brocht - de beiden wullen moal veertein Doach wat anners sehn, as blossich elker Dach de eegen Keerls un Kinners. Nich dat nu de een ov anner van jo in d' Kopp hett, de sünd uträten wiel Sönndach Woahl is - nä, nä - wenn dat ok een heel groodet Elend is mit us Politik - hör Krüüz hevvt see all in vöörn moakt. Good ovläävert hevv ikk de beiden in dat grode Deert van Fleegerhoaben. Hapach Lloydd hett mi dor sogoar een Beschienigung över utschrääven. De Klapp faalt achter de beid Froolüü in d' Schlött, un ikk schuffel noa mien oal Koar van Dekawupptich, üm

wäär noa Huus to jüdeln. Jüüst har dat blikkern Deert
de Schnuut in Richtung Nörden dreit, as mi wat in d'
Kopp schoot. Hannower - Hannower - dor wee doch
allmoal wat. Well mien Geschichten ut miene Bööker
käent, de weet wat ikk meen. För good veertich Joahr
stunn ikk ok in Hannower. Tüschen Hauptsboahnhoff
un Kröpke. Domoals stüür mi dat Begääven up een
annern Padd. Nienbörch wee in mien Kopp un Haart
fastspiekert. Miene groode Leevde har dor hör Tohuus.
Dör irgendwat - wat ikk hier nich breetmoaken kann,
wee dat up Schlach utnanner räten worden. Ikk glööv,
de tweiräten utfusselt Ennens van dat Tau, mit de wi
beid tosoamenbunnen ween, de hevvt veertich Joahr in
de Tied rümschlakkert. Nu wee dat tomoal wäär dor -
as wenner dat güstern eers geböört wee. Schall mi
nümms särgen, veertich Joahr sünd een Ewichkeit - een
Ewichkeit de düürt veel langer. Ikk kunn dat Auto nich
up liek Padd noa Schörtens kriegen - de Koar wull mit
Gewalt Nienbörch sehn. Mi wee tomoot - ikk glööv,
wenn ikk nich noagäven har - ikk har ünnerwäägens
stillhollen mußt, wiel aal ut mi rutfloagen wee, wat de
Moach hergääven kunn. As de blikkern Noamenstoafel
mit Nienbörch dorup achter mi leech - gung mi dat to-
moal bäter. Froacht ji mi, wat ikk denn dor wull, kann
ikk blods antern - een Deel van mien Haart hung noa
veertich Joahr jümmers noch irgendwons in dit Kuntrei
an een Fensterkrüüz. Dit Fenster muß ikk finnen. Dat
har sükk woll in de lange Joahren düchdich wat ännert
in d' Staddje - ikk kennden mi bold nich mehr ut- oaber
wat schall ikk jo vertellen - dat Huus wor dat Fenster
togehört – dat hevv ikk funnen. Un düchdich wat an
Weeten dorto kräägen. Well mi stüürt hett, will ikk mi

24

hier nich över utloaten - dat mach jedeneen sükk denken as he will. Mitnoahmen noa mien Tohuus hevv ikk dat Stükkji Haart woll noch nich - dat hett mien Leevde domoals mitnoahmen up hör Läävenspadd - oaber ikk weeet nu in mien Binnerst, dat Haart un Seel jümmers noch an de richtige Stää sünd.

Een stuur Waark …
ov wat een Hoarschnieder so ankummt.

Vandoach is een Hoarschnieder joa wat heel figelin-schet. Hoarstudio, Figaro ov Kofför steit denn meist hochdreit an de Huusmüür wor frööher eenfach Frisör ov Barbier stunn.
Dat Gedoo wat vandoach mit de Hoarkünsten moakt wurd, dat lett sükk joa ok nich mehr mit de eenfach Hoarschniederee verglieken.
Us Hoarschnieder har in sien ‚Salon' een eeken Stool vöör d' Speegel stoahn. Ünner de Speegel hung een lüütji hollten Plank an d' Müür.
Wat kunns dorup sehn? Raseerseep, Schuumbääker un –bössel, Hoarmest un Kamm un Scheer. Dat Hillichdoom wee de Zäägenhoarbessen, üm de lüütji Hoarstükken dormit ut d' Nakk to weihen. Oach joa – de Rull Krepp dröff ikk nich vergääten. Dor kreech man een Endji van in d' Kroach stoppt, üm de Hemd-kroach van Hoarfusseln freetohollen.
För een Komforbehandlung geev dat denn noch Hoarwoater un Pomade. Mit een son Buddel van dat

Tüüchs keem us Hoarschnieder hoast een heelet Joahr hen.

De Ekk wor de Froolüü denn seeten, dor seech dat mehr son bietji noa Ruuchwaark un Timmermanns-waarkstää ut. Wat kunns dor finnen? Krüllerhollten, Waarmpuuster, Liempotten, Bleekmiddel, Buntfarfen, een grooten un een lütten Brennscheer – as ikk all sächt hevv – een bäten Ruuchwaark un een bäten Timmermannswaarkstää.

De Hoarschnieders mussen noch düchdich wat in d' Füüsten hemmen wenn see sükk över de Annerlüüdskoppen hermooken. Dat wee noch Handwaark.

Bi de Mannslüü wee dat joa heel eenfach. De Scheermaschin ansett – een poar Rundum dormit över de Kopp krüdelt – mit Scheer een bäten noahulpen, mit d' Mest noch de Nakk utkraabt un kloar wee de Kees.

Up de Doamensiet seech dat all anners ut. Dor wuur denn wuschken un faarft un indreit, dat dat man so stoof. Dat rook foaken as in een Läärfabrik. Wo hett Julius Cäsar in dat ole Rom all sächt? ,Wer schön sein will muß leiden.' He hett säker ok foaker in so een Hoarschniederee rinkääken.

In mien Kinnertied gungen de Mannslüü so good aal twee Moant hen üm sükk de Bössel scheeren to loaten. Froolüü seech man dor meist blods vöör hooge Fierdoagen, ov wenn dor een Baal ov een Hochtied in gröön, sülvern ov gülden anstunn.

Bi jung Deerns keem dor joa noch licht wat anfoathaftiges bi rut. In d' Öller wee dat foaken man rein stuur, dat noaderhand anners utsehn to loaten as vöör dat Prozederee.

Moak man wat ut söben Hoar in dree Riegen – so as Christoas Oma jümmer sää, wenn Hinnerk Bösselmann bi sien Olsch mit Scheer un Brenniisen togaang wee.

Bi de Mannslüü poleer he mit Stävelfett dat Kopp-dakk, dat dat ok moi gliemen de. Versöök dat man moal bi een Froominsch – mach see ok noch so stief in d' Knoaken weesen. See kunn di woll so een gallern, dat du stuuv van d' Been'n ovkeemst.

De Gefoahr brukt sükk een Hoarschnieder vandoach nich mehr uttosetten. Wenn dat Struukwaark up d' Kopp minner ward, denn kummt dor eenfach een Prüük över. Denn seegen de Minschen woll mennichmoal ut as een Richelpoahl mit een Grassood boaben up – oaber wat deit Minsch nich allens för de Eitelkeit.

━━━━━━━━━━━━━━━━━━━━━━━━━━━━━━

Een Teegeschicht . . .

Een half Joahrhunnerd is all hoast dör de Tied lopen – na, woll nich heel - oaber söäbenunveertich moal dreehunnerdfiefunszäßtich Doagen lirgen doch all tüschen dit Belääven un vandoach.

Mien Jungmannstied up Nördernee wee jüüst anloopen.

Wi kreegen in us Läärtied joa nich de Welt an Pinunsen - tein Mark geev dat in d' eerste Joahr, twintich Mark in d' tweede, un tein Doaler ween dat denn in d' daarte Joahr. Dor kunn een Bukk nich wiet mit springen.

Also hevvt wi jung Lüü us noa Toaarbeid ümsehn. Wiel ikk joa nich so 'n ganz Frömden up dat Eiland wee -

27

mien jüngst Süster har een ächten Eilänner as Keerl an
hör Sied - is mi dat Toaarbeid finnen nich allsto stuur
falln.

Bi Melkbuur Meyer kreech ikk een Hüür. Dat wee vöör
mien rejell Aarbeidstied mörgens - un in d' Freetied -
wenn d' denn nödich de. Elker Mörgen üm dree Üür
mook ikk mi up de Padd.

Omoa Meyer hör oled Doamenrad greepen - an beid
Sieden hung een Melkbumm - achter up d' Drachholler
Stunn een Klüterkassen mit Kees un Botter - un denn
suus ikk los.

Ikk hevv vöör Dach un Dau in de Tied mehr
Nörderneer Kökens to sehn krägen, as mennicheen
Keerl Hoar up d' Kopp hett.

Wiel de Minschen üm disse Tied joa noch Minsch
sünd, is mi ok een büld hoarbösselich Kroam tomööt
koamen. Da kanns utlärgen as dat wullt – dat is woll up
jeder Oart recht.

Well dat noch nich sülven beleevt hett, de kann nich
weeten, wo moi so 'n bietji Leevde vöör d' upstoahn is -
ov wo lekker een heeten Grog Klokk veer schmekken
deit.

In still Stünn'ns loat ikk dat ov un to moal aal an mien
binnerst Ooch vöörbilopen - un denk: Harn wi doch
noch so een Welt.

Överall, wor man in de Hüüs rinkeem - ok wenn dat
man blods in d' Achterköken wee - stunn all een Taas
Tee proat.

Nä nä - dat is vandoach liekers nich mehr komodich -
Pingelwoater ut d' Fabrik, un villicht ok moal een
Schlukk, word di anboaden. Oaber kanns dat mitnanner
verglieken? Ikk meen van nich.

28

In disse Riech van Teehüüsen stunn denn een besünnered Huus. As een Hukeldääken hung dat Efeu över dat Huus.

Dor, bi Moder Dunkmann, dor kunn man rinkoamen wenner man wull - Trekkpott un Taasen stunnen stilkens up de Toafel. De keemen gannich van d' Disch ov. Frömden verkeerden nich bi Omoa Dunkmann. See har keen Koamers to verhüüren, un Kinners har see ok nich vöörtowiesen.

De ween all aal dodblääven. Dat Mannsbild, wat see vöör langer Tied moal freet har, dat wee up See ovdrunken, un so wee see jedermoal blied, wenn Bekennden in de Döör rinkeeken.

De Visit wee noch gannich recht binnen, denn laang Stine all noa de Teepott, un kunkel een van de Taasen vull.

Dat eerste moal hevv ikk mi rein hööcht, so een moien Klöär van Teefaarf – dat wee rein wat seltens.

Noa de eerste Klukk wee ikk in mien Weeten denn tomoal twee Trää noa vöörn seilt: Omoa Dunkmann har keen Tee in d' Pott - bi Omoa Dunkmann geev dat Rotwiin ut Taasen.

Un wat sää see – as ikk noa de eerste Klukk een bäten plietsch ut troanich Oogen luur?

Drink man - mien Jung - dat is good för d' Blood - un ut d' Teepott is dat ok nich so schinant.

Een un een is dree ...

Inkoopen - dat wee stoadich bi us 'n grodet Räkenspill.
Moder un ikk seeten foaker een half Stünnen ov mehr
över de Inkoopszädel - bit wi dat so vöörnanner harn,
dat dat wat wi hemmen mussen, mit dat wat in Moders
Knippke an Doalers in wee tosoamenpasen dee. Wat
dor her muß keem aal moi up een Zädel - so - nochmoal
dörgoahn dat heele Waark - un denn fääl dit noch - un
denn fääl dat noch. Wi schreeven een büld hen un her -
hiervan een bäten minner - dat villich wächloaten - up
een Oart kreegen wi dat jümmers togaang. Dordör hett
man dat, wat man har, mit heel anner Oogen sehn.
Äteree wächschmieten? Up so een Idee weesen wi
gannich koamen! Bit vandoach is dat in mi sittenbläven
- wenner ikk seech, wat an Äteree wächschmäten word
- irgendwat kruppt denn stilkens in mi hoch - denn
Minschen, de dat noch een heel büld nörder geit as us
domoals - de givt dat joa woll genooch up de Eer. Up
us Inkoopzädel stunn eelich över de Joahren stoadich
dat sülvige - man kunn joa nich tüschen twintich
Zsorten Soalt - ov tüschen hunnerd Zsorten Brot
utsöken. Un dat wee ok man good so - as moal so 'n
Berlinschen Börchmester sächt hett - noadem he wiest
har, dat he van d' verkeert Kant is. As dat vandoach in
een grooten Koopmannsloaden utsücht - so hevvt wi us
domoals dat Paradeis utmoalt - ov dat Schlaraffenland.
Joa, joa – Schlaraffenland.
Schlaraffenland heet dat in us Bööker, wenn irgendwat
beliekteekend wuur, wat dat för normoal Minschen nich
geev. Dat Word is hütigendoachs hoast nargens mehr to
finnen. To een ächten oostfreesschken Huushollen hört

Tee dorto - wiel Moders Knippke oaber joa de Paddwieser wee - un Tee gräsich düür - geev dat Tee jümmers blods in Moaten. Dat in de Teedöös nich stoadich so flink de hollten Böän to sehn wee, wee Tee för Kinners kien Gedränks. Dat wur woll jümmers sächt, Kinnergood kricht van Tee een schlappen Nöäs - man dat har woll eder mit de Düürheit to doon, as mit de schlappe Nöäsen. Koffji wee bi us nie nich in d' Huus. Wenn Moder wuss dat Visit keem de Koffji drunken, denn wurden de Pennings tohoop kraabt. Dormit muß ikk denn gau noa Fidi Folkers sien Melkbud peesen un een blikkern Spitztuut „NESCAFE" kopen. In een so'n blikkern Tuut wee bruunen Stoff för twee Taasen Koffji in - för fief Groschkes wee dat een düür Vergnöögen. Dat wee Visit, de nich so foaken koamen drüss. Moder hett dat woll nie nich sächt - oaber Kinnerhaarten spöärt sowat.

Een Wäär to Lammer kriegen

Wat wee dat een Nacht. De letzte Februoardoagen harn sükk so moi anloaten - de Lüü harn de Winter all ofschrääven. Överall rööch sükk dat in de Natur. Bunte Farfklecksen fullen in d' Ooch, wenn man över dat gröne Land keek. För de Schkoapen wee de Tied to lammen - un denn kunn Ostern koamen. Vandoach wee de darte Märtdach. Ähm vör Middach leech son bietji Schneegriesel in de Lücht. Kann joa vörkoamen üm disse Tied. Dorcht hett sükk nümms wat dorbi - ikk ok nich. Ikk muß noch een Tuur moaken. Good füfftich

Kilometers noa Fidi Schnieder to. Fidi Schnieder wee mien Vedder in Pfalzdörp. Wat is dat mit d' Auto. Een Schäät. Noamiddachs in Pfalzdörp - wi seeten jüst an Teedrinken – dor schnee dat all düchtig. Fidi Schnieder sien Tini sä to mi - man mehr so ut Spoaß - wenn dat so wiederschneet kanns d' vernacht man hierblieven. Schall mi recht wääsen, anter ikk hör. Denn schloap ikk bi di. Hoho - so nu ok wär nich, keem Fidi Schnieder dortüschen. Spoaß hen un her - ikk muß noa Huus. Noch een Zirett schmökt, rin in de blikkern Kist, un los. Ut een knappen Stünnen Foahrt sünd denn good veer worden. De Schnee weih sükk an de Schlootskanten all to Dünen tosoamen. De letzde Kilometers seet ikk all een poarmoal fast. To Winachen har ikk van mien Noabers Schneeketten kräägen. Beste Utföhrung - an sowat spoart man nich, kreech ikk as Togoav, as ikk noa de Pries froacht hevv. Disse beste Utföhrung hung natürlich good inschmeert in d' Autoschuppen. Dat schull mi een Läär wääsen. Een Stünnen bit Middennacht - wat wee ikk in Mors. De heele Dach spitten wee nix tägen disse Autofoahreree. Ikk har dat Gedoh joa nu achter mi. Dat Foahrtüch stunn oahn Buulen up de Warf un kunn sükk in Ruh inschneen loaten. Us lütt schwaart Susihund gung as een Mallen in de Schneebülten tokehr. Bi d' Schoapen wee dat aal ruhich - de dreeven sükk noch wat in d' Land rüm. Dat Wär mook hör nix ut - see kunnen joa to jeder Tied in de waarme Schoapstall. Veertein Doach schull dat woll noch düürn, ehder dat de Lammers keemen . Man gau rin in d' Huus. Ut d' Köken dreef so sinnich de Rök van Grog dör de Deel. Mien goode Seel har all spitzkrägen dat ikk wär dor wee. So richtich to Pass keem mi dat heete Drinken - een Geföhl, as wenn di een Engel up d' Haart strullt. Vör de tweete Grog muß ikk eers wäär noa buten kieken. Ikk har so een Hen un Hergeföhl in mi - as wenn noch wat up mi tokeem. Dat wee een Schneedrieven - kunns keen twee Meter wiet kieken. Un de Störm de huul, as wenn hunnerd Koaters togaang weesen. Ikk muß de Hannen achter d' Ohrn hollen - irgendwat anners wee tüschen de Kattenmusik. De Schkoap bölken SOS - ikk kunn heel genau hören, dat wee keen normoal Schnakkeree tüschen us Deerten. Een Grääp noa d' Schienfatt, de Klott up, de Stalljakk över un noa buten. Junge di - ikk har mi bäter fastbunnen. Na joa, de Hund wee joa bi mi. Wat wee dat een Klauteree. Oh joa - dor wee de Schoapstall. Bün ikk doch verafftich dor tägenanlopen. Fief Meter van d' Schoapstall of steiht us Mathilde un is an lammen. Good veerteindoach vör de Tied. Dat har see joa woll een poar Trää wieder in de waarme Schoapstall ovmoaken kunnt. Nä, dat wull see schiens nich. Dor leegen dree lüütji Lammers in d' Schnee un Moder nähm hör nich an. Een dorvan har see all dodmoakt. De beid Handvull Läven rin in d' Jack un denn in de Peerstall dat see in d' waarm Stree keemen. Man gau wäär noa buten, Mathilde rinhoalen. Jungedi …. hevvt ji all moal versöcht een veerkantigen Äsel dör een runnet Lokk to schuven? Netso stur wee dat mit Mathilde. As ikk hör endlich binnen har, wee ik ok kloar mit Jakk un Büks. Mien Fro meen, ikk har een Klör as dat neeä Füürwehrauto. So brannich wee mi ok to moot. Hevv ikk wat täägen doan - noch dree Grog drunken, un denn rin in d' Nüst. Üm half fief stunn ikk wäär in d' Peerstall - dat leet mi keen Ruh. Har uns

Mathilde dat tweete Öhlamm ok all dod moakt.See wull de Kinner nich. Dor kanns nix an doon – dat is de Natur. Nu stunn ikk dor mit mien kört Hemd. Wat nu? Dat lüütji Stück Läven mitnähmen in d' Binnerennen - in een grooten Körf pakkt - un uns Gastenkoamer wee nu een Bebistuuv. Van Stünns an heet see Lisa. Lisa kreech een poarmoal an d' Dach Tittbuddel. See wor so munter un krägel – see hett mit us Susihund dat heele Huus up de Kopp stäelt. See wee gesund un munter - blossich grötter wur see nich. Man kunn meenen dat wee een lüütji Pudel. Wor wi ok hengungen - Lisa seet jümmer achteran. Mit us anner Schkoapen kunn see rein gannix anfangen. Jüst harn wi hör noa buten noa hör Unkels un Tanten brocht, dür dat man blods een- moal schnuven, un see stunn wäär vör de Huusdör. Togääven hett see dat nie - wi hevvt de Seils sträken. Lisa har wunnen - see bleev in d' Huus. Schloapen mit Susihund in een Nüst, fräten mit Susihund ut een Pott - kunns hoast nich utnannerhollen de beiden. Veel Spoaß hevvt wi aal mitnanner hat, un noch een langen Tied up us Buurderee tosoamen läävt.

Een zoart Gefööl . . .

Sömmertied – Krüüsbeerntied. Us Fründin ut Oes- tringfelde pingel bi mi an. Irgendwat heel wichtichs leech hör up d' Haart, wat see losworden muß. Dat wee so unkomodich un schaarpkantich – so as dat bi hör up d' Disch laand is – dat kunn see nich doalschluuken. Dor wee see woll an ovstikkt. See hett mi een Deel

dorvan ovgääven, un mitnanner hevvt wi us dat dör d'
Halsgatt quält. Boabenup keem denn van hör een
Inloadung – see nööch us to een Pott vull Düwelsspee.
Ikk hevv Krüüsbeern plükkt, un sitt jüüst dorvöör de
ovtostriepeln. Koamt man ähm bilang. Najoa – sowat
lekkers – well kann dat all utschloan. Wi nix as hen. As
us Oogen een poar Minüten loater bi hör dör de
Köäkendör leepen, seet see vöör een grooden Hümpel
Krüüsbeern. De lüchten us tomööt, as de rode Steern
boabenmang de Kremlmüüren. Us Frünndin wee heel
vöörsichtich mit hör noakend Hannen togaang. As een
jung Wicht, de hör Leevsten wat goods doon will –
schoot mi so dör d' Sinn. Joa – un wiel Mannslüü van
Natur praktisch veranloacht sünd, keem denn glieks van
mi: Nääm doch een Goabel – dat geit doch veel flinker
– un wull hör dat ok stuuv wiesen.
Oaber denn hevv ikk toweeten kräägen, dat Froolüü
doch woll anner Minschen sünd. Wat sächt see mit een
Lüchten in d' Oogen to mi – Manntje – sächt see –
Manntje, so een Goabel hett doch laang nich soveel
Gefööl in d' Fingerspützen as een Froominsch.

Eenmoal mooten wi blods noch betoahlen . . .

Moder wee in de Joahren noa de tweede Weltkriech een
Schenii in d' Överlääven - een Zaratrusta ut de Stree-
sandbüss. Wenner see blods för sükk sülvst to sörgen
brukst har - see har säker soveel Pinunsen tohoopbrocht
as de hollandsch Keunigin hör eegen nöömt.
Un dat is een bäten wat!

Oaber nää - **dat** wee tägen hör Natur wäst - see wee
denn woll eder so een Oart Moder Theresa.

Wenneer see de heele Dach ok sülvst blods een kollen
Kantüffel to bieten har - wi Kinners, un aal de, de
stilkens bi us in d' Huus keemen, wi kreegen jümmers
satt to äten.

Wenn ji dat nu hörn kunnen - see sitt dor boaben in d'
Hääven, un sächt jüüst to mi: De Hilligenschien word
mi rein to schwoar! So is see jümmers wääsen.

Nu will ikk oaber eers ähm een Stükk van hör Schenii
vertellen. Häst du vandoach genooch Schiens woar dat
Word Geld updrükkt is - denn büst du een grooden
Minsch. Domoals wee dat rein anners – de Geldschiens
kunns di de Mors mit ovwischken - Geld wee rein gan-
nix weert.

Tabakk - Schlukk - Tee un Fettichkeiten - dor kunn's
de Welt för kopen – dor kunn's de Düwel för danzen
loaten!

Un denn wee dor noch dat witte Gold - fien, rein, witt
Melis. Geev dat för de Düütschen blossich up Koartens
- füfftich Gramm in d' Moand. Bi us stunn dorvan
mennichmoal een grooten Sakk vull in d' Huus.

„Des Herrn Wege sind unergründlich" sä us Paster,
wenn he Soaterdachs sien Buddel Gurgelwoater bi us
ovhoal.

Kiek - un up disse Padd keem de Zukker van de
Amerikoaners in Brämerhoaben bit in us Köäken.

Ut de Bibel kennen wi joa de Verwandlung van Woater
in Wien - man - Moder, de kunn dat noch een Ennen
bäter - de mook ut de witte Melis blanken, reinen Sprit
- ut twee Pund Kristall dreeviertel Liters Alkohol – un
de har gewaltich Kattuun – fiefunnäängzich Perzent –

dor kunns Füür mit anmoaken. Moi rünnersett stunnen denn dorföör dree Buddels Schlukk för dörstich Mannslüü up de Toafel.

De Froonslüü keemen - wenn d' denn wat to fiern geev, ok up hör Kösten. Us hett dat dücht, as wenn Moder de Buddels blods antofoaten bruks - un tomoal wee dat denn Pepermünt - Nöäten un Eierlakör.

Dat schull joa nich aal bi us in d' Huus drunken wurden - also muß dat ünner dat Volk.

Jan Peters mit sien Klöäteronibus wee de Frachtfoahrer. De Schwakkstää in de Transportlini wee van to Huus bit noa Jan Peters sien Haltestää. Dat mook jümmers een Mannsbild ut de Noaberschkupp - de wee heel figelinsch in sowat.

Wenner he denn moal nich kunn, muß een ov anner van de Froonslüü ut de Noaberschkupp dormit los. Moder har denn jedermoal een mallen Mütz up.

De Dach wee wäär dor - de Schlukk muß up Tuur. De Krögers in Ossfreesland weesen all luut an bölken - see seeten up d' Drööchte.

Un keen Mannsbild wee to griepen. Wat doon? Dat hulp nix - de Noabersch muß los. Moder gung mit. Twee Kuffers up d' Rad, un de dree Kilometers ünner d' Footen noahmen. See harn dat hoast schafft - de letzte Drei - un denn noch hunnerd Meter. Un denn har dor een Uul säten - üm Jan Peters sien Onibus seech man blods gröön Tüüchs - de Toll wee an schnüffeln. Mit de Fracht ümdrein? Nää - dat gung wiers in de Büx. Gretel muß mit de beid Kuffers, un de heete Fracht, alleen wieder - Moder dat Rad noa de anner Kant schmeeten - un as so'n Oss, de dörgoahn is, noa Huus

andoal - rärden wat to rärden wee - disse Fracht wee
liekers wäch.

In Rönnen in Huus aal achtert Kaschott - nümms kunn
noch wat sehn - un rüken kunn'ns bi us nix - wiel -
Schlukk brennen ut Melis stinkt nich so, as wenn man
dat ut Röven ov Tuffeln moakt.

Moder har sükk de Schweet noch gannich ovwischt, dor
stunn'n de Uniformeerden all bi us in d' Köäken.

Gredel har de Jungs up liek Padd jüüstemang noa de
Branneree föört. Un wor see de Schlikkerkroam
ovläävern schull, dat hett see ok glieks künnich moakt.
Dat wee denn een lichded Spill för de anner Sied.

An us Kinner hevvt see sükk oaber de Tannen utbäten.
Jedereen, de us wat froach, kreech to weeten: dat weet
ikk nich - dor mutts du mien Moder froagen.

Noaderhand hett moal een van d' Toll sächt: wenn
Gredel dat so moakt har as wi Kinners - denn harn see
blods half soveel rutkrägen. Dat wee oaber joa nich
mehr to ännern.

Un denn hett us Herrgott de Düwel noch een bäten free
lopen loaten - upfloagen is de Schwaartbranneree noch
in d' Reichsmarktied - de Stroafbescheed dorför flutter
de beiden Froonslüü een poar Doach noa d' Währungs-
reform in Düütschmark in d' Huus.

Elks dreehunnerd Mark mussen de beiden betoahlen -
well de Tied mitbeläävt hett, de weet woll dat dat een
Vermöägen wee.

Fief Mark mussen jeden Eersten an d' Gericht stüürt
worden. Peng – dat har seeten.

Twee Wääk loater schmitt de Postbüdel mörgens een
Breef in d' Dör. Wat amtliches - van d' Tollamt up
Knyphusersiel.

Wi Kinner ween alleen to Huus. Bit Moder middachs inleep, ween wi all duusendmoal stürven.

Dat wee een Vöörloadung - Moder muß üm de un de Tied in d' Tollamt vöörspräken. Basta!

Wi Kinner harn mehr Sörch as Moder. Wenn see di nu insperrt, sä een van mien Süsters - un wee hoast an blaarn. Wenner de mi in d' Schkapp brengen, anter Moder, denn näähm ikk jo aal mit.

So wee Moder!

Annern Dach mit Rad noa Rüstersiel pietscht - wi Kinner in een lang'n Riech achter an - dormit see bi de Gröönrokken to weeten kreegen, wat up hör doal keem.

Kinners - blievt ji man ähm hier bi mi - sää de Dennstmann in de Wachstuuv. Jo Moder passeerd all nix.

Kunnen wi glöven - ov ok woll nich.

Na - Moder in een Koamer rin - de Dör achter sükk in d' Schlött - un well seet dor achter d' Schrievdisch? Een van hör bestigen Schlukkööpers. He nääm de heele Papiernkroam wor Sofies Noam upstunn - reet dat aal kört - un dormit wee dat Verfoahren tägen Moder ut de Welt.

Vertellt hett see nümms wat dorvan - ok nich Gredel, dat Schnakkfatt.

Tweeunhalf Joahr loater - Gredel un hör Keerl seeten oabends bi us up Teevisit - sää Gredel tomoal to Moder - eenmoal mooten wi nu blods noch betoahlen, Gott wääs bedankt. Moder hett hör heel unverstännich ankäken. Wat meenst du dormit, Gredel? Na - du weets doch, Sofie - us Stroaf, keem van Gredel retuur

In disse Momang hett Moder woll noch moal de Düwel räden - dat muß see sükk sülvst woll günnen. See leet

Gredel weeten, dat see nich een Penning betoahlen
mußt har.

Noa disse Offenbarung wee denn dree Joahr Funkstille
tüschen de beiden Froonslüü. So kann man ok för Ruh
sörgen!

Eenmoal noch dorbiwääsen . . .

De Welt hett sükk dreit - noch vöör dartich Joahren
geev dat aal poar hunnerd Träe een Postamt - un vöör
hunnerddusend Minschen dree „Altersheime".

Vandoach is dat jüüst annersrüm - aal poar hunnerd
Träe find't man een Pläächhuus, un vöör
hunnerddusend Minschen givt dat blossich noch dree
„Postfilialen".

„Pflegeheim" word dat vandoach nöömt - un wenn dat
moal ganz düür is, un man een heel büld Doalers dormit
scheffeln will, denn verstickt de Bedriever sükk ok woll
to de hochdreide Beteeknung „Seniorenresi-denz". Nich
dat nu een up de Idee verfaalt, in een „Pflegeheim" is
dat billiger - üm Gottswillen nä - denn kunnen de Ollen
joa woll noch een bietji van hör Renten överhollen. Wat
schull dat denn gääven?

Wenn de man een bietji Schlikkergeld kriecht - dat is
doch woll dääch genooch. De hevvt hör Lääven doch
hat - wat willt de denn eelich noch hier up de Eerden-
grund? De fräten de Jungen doch blossich dat Renten-
geld wäch!

De Regerenden in d' Land särgen dat woll nich so - dat
troon see sükk denn doch noch nich.

40

Oaber denken un hanneln doon see so - aal mitnanner - de jungen Eliten.

Dat gung mi so dör de Kopp, as ikk vernoamiddach in so een Huus wat to beschikken har.

Dat düür een Settji dat ikk tööven muß, bevöör ikk mien Wark kloarmoaken kunn. Man ähm noa buten vöör de Dör up de Bank setten - een Zirett schmöken. Jüüst dat ikk sitt, hukelt sükk een öller Mannsbild to mi. Stääkt sükk ok een Zirett an - un schwicht.

Harrijeses - denk ikk - dat is doch Aukschonator S.... ut Hohnkarken. Wat moakt de denn hier?

Noa een halven Ekksteen in mi rintrekken kann ikk nich mehr an mi hollen - „sünd see nich....?" „Joa, de bün ikk" - faalt he mi all noa de eerste poar Book-stoavens Worden in d' Word.

„Wat doon see denn hier?" moot ikk nu doch weeten. „Is hier een Vergantung ansett?" „Nä nä" - antert he mi – „ikk verkoop niks mehr - ikk bün sülvst verköfft."

Ikk hööf gannich to froagen - stükkenwies faangt he van alleen an to vertellen.

„Ikk kann nich mehr särgen to'n Eersden, to'n Tweeden un to'n Darden - dat moaken annern nu vöör mi." Een Settji kummt dor nix as Damp van sien Zirett - ikk dorch all, he wull nix mehr särgen. „As miene Fro stürven is, bün ikk dor nich so licht över wächkoamen. Tomoal muß ikk aal dat, wor ikk mi mien Lävdach nich an keeren bruks, alleen doon. Ikk wuß doch blossich, wo man Doalers in d' Huus brengt. Dat hevv ikk alltieds good kunnt. Mien Famili hett nie nich Nod lääden – de kunnen sükk aal good helpen. Mit dat wat dor dör mien Doon rinkeem."

„Un de Kinner ......" - woach ikk saacht in dat
Schwiegen intoschmieten.
„De Kinner ..." - he wischt mit sien beid Hannen dör de
Lücht – „as ikk doröver süük worden bün, har ikk
tomoal een amtlichen Betreuer an mien Siet. Ikk har
mien Kinner in junge Joahren ok bääter een amtlichen
Betreuer in de Fingers gääven schullt - un hör nich aal
dat, wat see hemmen wullen, in d' Mors stoaken.
Villicht würn see denn vandoach noch weeten, dat see
een Voader hevvt." Dat gleunich Ennen van sien Zirett
hett sien Fingers to foat - schiens maarkt he dat gannich
- as he wiiderschnakkt: „Och nee - wat weesen dat moie
Tieden. Up jedet groode Fest in d' Dörp wee ikk dorbi -
aal ween see gern üm mi to, de Dörpslüüd .....!"
Joa, denk ikk so bi mi - du häst joa ok jümmers düch-
tich wat föör dat Volk utdoahn.
„Ikk hoap nur, dat ikk hier nich bit an mien Ennen
blieven moot......" As he dat sächt, word sien Stiäm heel
saacht.
„Nu hevv ikk all laang nümms mehr ut de Tieden sehn.
Up Stünds sünd see in d' Dörp wäär an fieren - ikk
much doch so gern eenmoal noch dorbi wääsen!"
Ikk kann nix mehr särgen - ikk kann blossich in siene
natten Oogen kieken - un sien koole Hannen een bääten
van miene Waarmte ovgääven.

Plattdüütsch in Kinnermund ...

Ji weeten joa – ikk bün in een Kuntrei upwussen, in dat
Plattdüütsch heel nich belangriek wee. Dat Düütsche

har dat man all stuur genooch, de Kopp boaben to hollen – wiel – so een Gemengsel van Herkoamers in een Staddje tohoop – dat wee all wat seltens. Ut aal Ekken un Hörns, wor dat Hoakenkrüüz dat wichtichste Teeken wee, har de Regeern de Minschen tosoamenkrüdelt, üm groode Kreechsscheepen to boon. Mit de Scheepenboeree harn wi lütt Schietbüdels joa ok nix mit to kriegen – liekers worden de joa ok tomoal nich mehr brukt – wiel sükk de Gesellschkupp in Düütschland dreit har.

Bi us in de Stroaten un mang de Hüüs wuur buntklöärich bit Stiekelwierdüütsch schnakkt – dat geev hoast keen Oart van Wordenkliesteree, de nich to finnen wee. Wi Kinners hevvt denn us eegen Sproak tosoamenschoostert. Hollen hett sükk dat bi de Minschen, de ni nich wäch wääsen sünd, bit vandoach. Man nich mehr so up de eerste Oart – oaber doch. Wenn ikk moal wäär mit een van domoals in Schnakk koam, denk ikk mennichmoal, mi dreit een een Mest in d' Ooren üm.

Na – liekers. Ikk bün woll all as Oostfrees up de Welt koamen – ikk kunn näämich eder plattschnakken, as Papa särgen.

So een poar knustige oostfreesschke Sproakholler geev dat oaber joa ünner de Ölleren – so as us Melkbuur Fidi Folkers in sien lütten Klüterloaden.

Bi Fidi Folkers in sien Melkbuud kunn man aal dat kriegen, wat in d' Huushollen so nödich wee an Äteree. Oaber noch mehr kunn man as lütji Büxenschieter mitkriegen, wat de Ollen sükk to vertellen harn. So een neeschierigen Höönermors hett joa groode Ooren. Nu stunn ikk moal wäär mirdenmaken een poar stäävige

Mannslüübeenen – un wee an luustern. Fief Pund
Schwaartbrod schull ikk hoalen. Well mi keänt, weet
joa, dat ikk överhaupts nich neeschierich bün – oaber
weeten much ikk d' domoals ok all aal geern.
De Mannslüü schnakkden tüschen Piep un Priem över
de Joageree – nä nä – nich över dat joagen achter de
Froolüü an – sowat schinants denn doch nich – nä – dat
gung över de Hoasenjacht. Ikk har mien Oorn bit an de
achterskant oapen, dat mi ok jo nix dör de Nöäs gung.
Ikk har gannich spitzkräägen, dat ikk all an de Riich
wee, Tomoal frooch Fidi Folkers mi, wat he mi denn
gääven kunn. Wat keem ut mien Halsgatt schoaten, as
ut een Jachtgewehr – fief Pund Hoasen schall ikk
hoalen, Unkel Folkers.

Fidi vertellt . . .

Hier findst du een grooten „Supermarkt" – dor een
middelsten „Supermarkt" – un tägenöver een lütten
„Supermarkt". Dor löpt sükk furss wat tosoamen in de
heele Gemeente. Ekoa trekkt tomoal dorhen – Didl
trekkt hierhen – Addi hett sükk een annern Stää utkä-
ken – Zombi hett nee boot – Pluto wesselt de Loaden.
Man kann hoast nich so flink kieken, as dat in d'
Rundum geit. Ikk hevv dor Doagen un ok Nachtenlang
överhersäten – dat will mi mit Gewalt nich in de Kopp,
wo dat in disse Bedriifen woll mit de Pinunsen henhaut
– bi dat Kloagen över to minn Ümsatz, dat man so
stilkens hört. Denn – so'n ümtrekken – dat weet wiers
jeden, de allmoal pflöstert hett – köst meist üm meist

een Barch Geld. Wat hett us ole Mester Hedemann us in d' School nich all bibrocht? Wenner mehr Äter üm een Koken sitten, worden de Stükken minner. Disse iisenfaste Rägel - noch ut Adam Rieses Tieden – hett in de nju economii, as dat needüütsch nöömt word – woll keen Gültichkeit mehr. Kiek – un dorüm twiefel ik foaken an mien Rechenkünsten.
Hollt jo munter bit annermoal – wenn mi wäär wat upfallen is - - - jo Fidi . . .

═══════════════════════════

Frerk kummt noa Huus . . .

De Dach gries man ähm so'n bietji över de Kant - as wenn de Schloap hüm noch in d' Oogen hung. Niks wee mit rotluchtich Hääven vörmörgens. De Wieser van d' Klokk in d' Achterköäken kroopen up veer Üür to, as Cloas de Döör saacht in d' Schlött fallen leet. In d' Kalenner stunn Julimoant - un doch wee dat luurich kollt. Net as an so een vöörlöpigen Vöörjoahrsdach. De düster Wulken jachtern dör de Lücht - een busigen Stiem ut Südoost schoof hör hen un her. Good fast-hollen muß Cloas sien Groanoatschuwer, wenn de Störm togriepen de. Sien Wattschlää har he güstern vöör Schloapenstied noch reschkoapen mit Spekkgliem inbösselt - de leep nu so licht, as een jung Wicht bi d' Maidanz. Wor he dit Bild in sien Kopp herhoalt, weet he ok nich. Dat is eenfach dor.
Mit ovlopend Woater moot he rut - de stoadige Südoost drifft de kabbelige See een heel Ennen wiider retuur as an de anner Doagen. Bi disse Loach kann Cloas bit an

45

de buterste Groanoatkuulen schliddern - dat schall woll een gooden Partii worden - sowiet kummt he hoast blossich dree - veermoal in d' Joahr.

De Lächte will gannich recht to Foot koamen - see stöäkelt aal so'n bietji halfmaal vöör sükk hen. Seekant un Hääven lopen noch innanner över. De Korben strieken man jüüst handbreet boaven de Fuchtichkeit. Hör Galpen trekkt hüm an dissen Mörgen dör aal Knoaken - as wenn see hüm woahrschoon willn, in Huus to blieven. He wee verdannt ok leever nochmoal in d' Nüst kroapen, as dat Wäär hüm tomööt leep - oaber dorvan keem keen Groanoat in d' Kädel - ünner de Grete nu säker all dat Füür togaang broch. Wenn sien Grete nich so fix bi d' Groanoatpuulen wee, denn wüür dat bietji Geld vöörn un achtern nich rekken. Noadem sien Kutter nich mehr van See trüchkoamen is, we dat mit de Butenfischkeree doan. He hett Glükk hat - säen de Lüü - dat he an de Dach mit een broaken Flunk in Huus säten hett.

Glükk - wat is dat? Stüürmann Frerk Clausen un de lüütji Dekksjung Hinnerk Bußmann sünd alleen rutfoahren - rutfoahren, un nich wedderkoamen.

De beid harn dat ok as Glükk ankäken, dat see nich in Huus blieven mussen - dat see mit sien Kutter up Seetung andoal kunnen.

Twee blikkern Tünnen mit Gasöl hett man van de Silbermöv ut de Noordsee hoalt - tein Minüten vöör Helgoland - anners nix. Dree Doach noa de Störmnacht. An een Fatt hung Hinnerk Bußmann - mit een Reep fasttüddert. He wee tominnst noa Huus koamen. Good een half Joahr is allwäär över d' Diek trukken - un jümmer noch is een Stää up d' Kaarkhoff leech - un

jümmer noch weiht de schwaarte Foahn över d'
Hoabentoorn.

Cloas sien Oogen trekken stiäl dorhen - wenn he rutgeit
- un wenn he rinkummt. Fiefuntwintich Joahr is he mit
Frerk Siet an Siet buten wäst - nu meent he hüm foaken
wenken to sehn. He is nu sowiet buten in d' Watt as nie
nich vöördem - he kann hoast noa de Woaterskant
henspeen. Dat glidderich-gröönsche Woater steit - de
Floot schleit üm. Cloas moot tosehn, dat he mit sien
vull Huukje noa de Kant to kummt.

Gott wääs bedankt, dat de Wind tägenan steit - so löpt
de blengerige Hans nich so biersich achter hüm an. Mit
sien Denkeree is he verrafftich so een bäten ut de Richt
koamen - un hollt nu stuuv up de Füürtoorn van d'
Noaberdörp to. Een Padd, de he anners nich geit - wiel
dor Prielen sünd, de nich drööch fallen. He jumpt dör
de letzde Priel - dat Woater geit hüm all bit an d' Liist –
dor hoakt sien Schlää irgendwons achter.

Verdekkselt nochmoal - schellt he vöör sükk hen - nich
noch dat Malör, dat ikk de Schlää achterloaten moot.
Dat Woater gluumt hüm an - grippt woll noch nich to -
oaber sitt all in d' Luur. Dat schüümt un schakkert -
Cloas meent, dusend natte Düwels üm sükk to
spiegöäken to hörn. He lukkt vergrellt an dat Tau -
nochmoal un nochmoal - ha - de Schlää kummt sinnich
free, un up hüm doal. Oaber nich alleen - an de Iisens
haangt wat an - dükert so'n bietji ut dat Woater rut. He
gript dornoa - un steit as een solten Steen in de
flüchtige Nattichkeit. Frerk hett hüm funnen.

As he sükk wär röören kann, hett he keen Denken mehr
as blossich dat een: Wi mooten noa Huus - nich ikk
moot noa Huus - nä - wi mooten noa Huus. Woveel

Tied dor wächlopen is, dat weet he nich, as he mit sien
Fracht - un mit Frerk - up drööch Kant is. Kiek -
Broerke - dat hevvt wi schafft. He schnakk mit Frerk,
as wenn de hüm antern kunn. Cloas is kladderich natt -
nich blods van dat upgeräächte Woater - nä - de
Schweet löpt hüm heet dör de Glieven.
Hett woll een an tikkert denkt he, wiel jüüst in disse
Momang Klokkenlüüden van d' Kaarktoorn röver-
kummt. Un as noa twee Doach Paster Südhoff up d'
Kaarkhoff - an de leech Stää, de nu nich mehr leech is -
dat Krüüz schleit - word van d' Hoabentoorn de
schwaarte Foahn intrukken - as Teeken, dat Frerk nu
endlich Fieroabend hett.

Gedankens ...

Joa de Gedankens – wenn ikk denn de Gedankens man
so denk. Up mien Moders Siet is dat in de Famili joa ok
nich aal so wääsen, as dat in de hilligen Bööker schrää-
ven steit.
Bibel – dat word givt mi denn glieks wäär een Uphan-
ger. Mien Moders Broer Fidi hett över veertich Joahr
fiefunveertich Joahren lang mit dit Book to doon hat.
He wee in sien Gemeente Kaarkendeener un
Kuulengroaver. Sien Hauptsupgoav in disset Amt wee
woll Hillichdoon. Wiel oaber mien Unkel Fidi un sien
Olsch de Düwel nörderstunnen as de Engels is dor de
gröttste Schienhillichkeit bi rutkoamen, de Oostfrees-
land sied lange Tieden beläävt har.

48

Moder un ikk weesen in Tee- un Genevergeschäften ünnerwäägens. Nu seeten wi Middachs bi mien Unkel un Tant in d' Kööken. Moder wee dör Tant Dinoa jüüst üm twee Tuten Tee lichtermoakt worden, wiel Mama bi disse Ovtrekkers nich nä särgen kunn. Up jederfall - dat kloppt an de Döör van d' Achterkööken. Mien Tant man so hen. Wenner see leep, denn seech see jümmers ut as een grooten schwaarten Vöägel, de jüüst wat griepen wull. Wi hörn in d' Achterkööken wat tütern un grummeln. Dat düür een heelen Sett, bit see wäär van buten rinkeem. Över d' Aarms har see een moien schwaarten Jakk un de Büx dorto.

De Döör wee noch gannich in d' Schlött fallen, dor läärch see ok all los. De Kleedoasch har see jüüst intuuscht – van een Keerl ut Westfoalen. Dat wee dat eenzige wat he noch to tuuschken har.

See hett hüm een Fäächselschüpp vull rötterk Tuffels dorför gääven.

See wee an schellen, dat de Bädellüü ut Stadt hör noch de Hoar van d' Kopp fräten wüürn.

Wat see dor jüüst hoast schunken krägen har, wee een handmoakten schwaarten Antuch ut dat fienste ingelsch Dook. Moder seech dat, denn see har dat Schniedern joa läärt. Klingelbüdel Fidi paas dat goode Stükk as anmääten. Joahrenlang hett he de Gemeente in d' Kaark de noch wiest. Ikk hevv foaker dorcht, eelich har de leeve Gott hüm elker Sönndach mit dat groode Krüüz up de Kopp hauen mußt. Villicht hett us Heergott dat extra nich doahn – wiel dat nu de Düwel mit hüm oväräken deit. Dor ünnern in de Grund.

De ole Boas – dor boaven in d' Hääven – de kann nää- mich mennichmoal een heel füünschen Keerl wääsen.

Gediegen . . .

Mien Noaber Fidi is een heel plietschen – mennicheen
sächt ok woll, he is een bäten stiekum un van achtern
rüm. Dat hört man oaber meist van Minschen, de
jümmers blossich hör Vöörkant wiesen – wiel see
achtern rüm irgendwat in düstern hollen mooten. De
drein sükk denn foaken so flink üm sükk sülvst to, dat
man denkt, dat is een Hüüldopp. Up Stünns geit in us
Noaberkuntrei Hogenkarken een Stükk över de Büün –
wenn man sükk dat mit Verstand ankikkt moot man
uppaasen dat een de Verstand nich wächflücht. De
Buurmester hett wat ut sien Halsgatt noa buten loaten –
dat kunn Fidi rein nich doal schluuken – dat seet hüm
as so een Peerknoaken dwarß in d' Schlund. Dat wee
wat van Recht un Gerechtichkeit. Dit Bekennen har de
Buurmester schiens ut de Tieden hoalt, as de ole
Willem mit sien Boart noch hoch un drööch in Potsdam
seet. Dat de Tied wiiderlopen – de Eer sükk all een
poarmoal dreit hett – dat hett he schienboar nich
mitkräägen, sächt Fidi to mi. In d' Wangerland sitten
oaber joa nich blods Minschen mit Denken van güstern
– Gott wääs bedankt – de sünd denn upstoahn un hevvt
dortägen räärt. So luut, dat kunn man up d' Günntsied
van de Kuntreigrenzen düddelk hörn. So moot dat ok
wääsen – hööch sükk Fidi – un wull disse Tägenholler
bi sükk in d' Roadio schnakken loaten. Wiel – „Zivil-
courage" moot man Stööhn gääven is jümmers sien
Devise. As dat oaber so is in d' Lääven, keem ok dat
wäär heel anners. Eers ween see Füür un Flaam wat to
särgen – un tomoal har dor een Uul säten. Schweigen
im Walde – nix wee mehr mit luut schnakken. Öv vil-

licht is dat ok blossich so, as Fidi dat to mi sää: Gediegen, sächt he – in disse moie Sömmertied hett dat in Hogenkarken noch Nachtfröst gääven – dor hevvt näämich Stükk öv wat Lüü so up Schlach koal Footen kräägen.

Geerd Schlukk ...

Dat wee in de utlopend füfftiger Joahren – ingangs de szäßtiger. De Bedrief för de wi so Dach för Dach togaang ween, de wee man lütjiet. Veer Mannslüü weesen wi blossich – oaber wi schoaven up Kneen elker Dach soveel Ümsatzen tohoop – us Boas hett sükk ni nich Aarbeidstüüch antrekken brukt. Geerd de seech man blossich in Schleuf un Kroach rümrönnen. Dat leech ok woll son spierke doran, dat he glieks twee Gesangsbööker vöörwiesen kunn.
He nööm dat evangeelsch sien eegen, un sien Olsch un dat Kinnergood drogen dat groode katolsche vöör sükk her. Schiens hett dat joa ok hulpen. Dat Krüüz in twee Klöären hett hüm oaber doch nich vöör sien Schikksoal bewoahrt.
Geerd much geern een – ach wat säch ikk much geern een – dat klingt hoast so, as wenn ikk särgen wüür in Düütschland rägent dat ov un to ok woll moal. He soop – he soop as een Enter. Een utwussen Buddel Schlukk wee för hüm jüüst so, as wenn wi an een heeten Sömmerdach een Pott Brause dorachterneiden. He keek dor gannich anners bi ut.

51

Tja, un net wägen dit Gedoo wuur he van sien Froo rein kört hollen.

Disse körte Lien hett hüm jümmers wäär antikkert, bi us wat lostoschloahn. Wenn he up d' Boostää keem, har he stoadich sien Knipke ,vergäten' – un wi mussen hüm mit wat to schmöken ov ok woll mit Pinunsen för een lütten Söpke uthelpen. Dat kreegen wi joa ni nich wäär to sehn – oaber machst dien Boas denn Nää särgen?

Keem he denn in Sicht, hevvt wi us Drinkensbuddels all jümmers verstoaken. An vöörbi keemen wi dor oaber doch nich – he kreech sien Deel.

Oaber as dat Läven so speelt – well de Hals nich vullkricht, de moot sükk nich wunnern wenn moal wat vöörbilöpt.

Mörgens bi d' Boahntje indeelen kreegen wi to weeten, dat Geerd Middachs us Foahrtüüchs bruk – he muß wat utleevern. Dat kunn he blods mit de ole Firmenbully. Wi mussen good veertich Kilometers in d' Noaber-schkupp – he keem denn noa un tuusch de Foahr-tüügen. So tomoal schoot us in: Dat wee för us de Geläbenheit.

Wiel dat joa so goaelk wee, dat aal wat van us in Bully leech ok hüm togehör, hevvt wi dorup upboot. Een häntigen eenzügigen Brannwienbuddel wee dat Fundament. Mit gaaanz veel Leevde – un noch mehr Gefööl hevvt wi de halvige Sprit in de Buddel tägen Rizinus uttuuscht.

Dat wee wiers gannich so eenfach. Eers bi de daarte Versöök is us dat henhauen. Dat Buddelwaark hevvt wi denn oogenfällich bi d' Stüürrad in d' Bully deponeert. Dor kunn he gannich an vöörbikieken.

Geerd wee denn joa ok up Tieds dor. Wi hevvt flink de Schlöädels tuuscht – un denn adschüß. As Fieroabend wee sünd wi mit sien Koar noa Huus jükelt
Anner Mörgen Klokk söäben wullen wi wäär up Tuur. Dat kunnen wi oaber nich, wiel us Lastenfoahrtüüchs noch nich wäär up de Warft stunn. Noa een gooden halven Stünnen pingelt in d' Kantor dat Schnakkfatt. Geerd sien Olsch wee heel upgeräächt an d' anner Ennen an schnöätern.
Wi schullen man all mit de Boas sien Privoatauto losfoahren. Geerd kunn noch nich ünnerwäägens goahn – irgend so een Virus hull hum all sied Oabends up d' Schiethuus fast.
As wi Middachs de Bully wäärkreegen, wee de Brannwienbuddel leddich – keen een Virus wee dor mehr in.
Us Boas hett ni nich wat dorvan sächt – oaber van Stünns an kunnen wi d' aal open lirgen loaten. Geerd hett niks mehr anfoat, wat he nich mit eegens Hannen köfft har.
He hett ok wiers wiedersoapen – oaber nich mehr up us Kösten.

═══════════════════════════════

Gesellschkuppsfähich . . .

Katrin wee mit hör tachentich Joahr jümmer noch een Respektsperson. Groode Doam - wenn d' üm gung, in een erlaucht Rundum irgendwat to fiern. Keem hör oaber irgendwell tomööt, de över sien kladderich Karakter blods moi Tüüchs trukken har, denn wee see sükk ok nich to schoa, de Minsch - meist Tieds weesen dat Mannslüü - vöör aal Oogen mit twee Wöör noakend uttotrekken. Dat Lääven har hör düchdich wat vertellt. Wat hör Boantje wee willt ji weeten? Wo schall man dat särgen? Wenn ji lütt Fidi froacht, de wüür särgen: Katrin hett mit Obst hanneld. He har näämich annerletzt hört, dat Opoa to Schooster Pikkdroaht - as de jüüst een Poar moi Schoo van Tini up d' Bukk har - sää: Wat Tini an een Dach an de Pluumen verdeent hett, kanns du in tein Joahr nich an Stäwels tosoamenspiekern. Tini har näämich een Huus hat, wor jümmer so Stükk ov wat Wichter een Schloapstää harn. Richtich schloapen deen de meisten in Huus - bi Tini, dat wee denn mehr so een Stää üm bitoschloapen - worbi, dat wuß Fidi noch nich so genau. Up jederfall moot dat 'n heel wichtich Huus wäst wääsen, denn över Dach keemen hooge Herrn van överall her mit groode Autos - de denn irgendwat in dat Huus to beschikken harn. De Honoren ut de Gemeend mussen dat oabends woll aal sorteern - denn jüüst wee dat schummerdüster, sett de Loop in. Kunns de Börchmester näben Schmitt Iisenboart - de Paster Hillichdoon tägen Koopmann Woagenschmeer stokkstief un flink in dat Etablissemang ünnerdüken sehn. Ov un to stunn ok Schkandarm Kniepooch sien Dennstrad twee Stroaten wider an een Huusmüür. He muß dor in de Papiern kieken - kreech sien Olsch denn to hörn. As ikk all sächt hevv - dat is een Tiedlang her. Ut dat Spoaßhuus - as Opa dat nööm - har de Gemeente een Dörpgemeenschkuppshuus moakt. Up irgendeen Oart wee dat joa wat verwandts. Katrin har sükk de Joahren good hollen. Kunns hör dat Öller rein nich ansehn. Bi de Inweiung un de Schlödelövergoav van dat neeä Dörpgemeenschkuppshuus gung d' hoch her. Gemeendroat, Kaarkenroat, de Füürwehr, de Gesangsvereen - de Kägelklub - nümms fääl bi dat Spektoakel. Ditmoal harn de Mannslüü ok aal hör Froolüü mit dorbi. De harn sükk utstaffeert mit Kompotthööd un Satengkleedoasch - kunns meenen, de ole Kaiser Willem keem to Visit. Jedeneen har mit gleunigen Kopp wat to särgen. As de Bruus un dat Sabbelwoater updrunken - un de Dischen leechäten ween, wor de Fier uphoaben. De heele Gemeend un Kaarkenroat steuster in een Riech an Katrin vöörbi un wünsch hör dat allerbeste - wiel - Tini har düchdich Pinunsen bi de Ümboo dorbidoahn. As denn de letzte sien Bedankt anbrocht har, keem van Katrin een Schnakk, de in mennich Huusholln noch laang för Uprägung sörcht hett: Ikk dank jo - un wünsch jo för de tokoamen Tied ok dat allerbeste - oaber besörgen mooten ji jo dat van nu an sülven.

Glükk . . .

To disse lüütji Geschicht moot ikk wat vöörrutstüüren. Wat ji nu to hörn kriecht, dat is nich dorto andoahn dat noatomoaken - wiers nich. De meist Minschen hemmen joa in hör Lääven säker allmoal wat beschikkt, wat nich so heel up de liek Padd wee. Ikk ok - natürlich - oaber wenn dat denn good ovlopen is, schull man us Herrgott danken un dat ok dorbi beloaten.
Oaber vertellen moot ikk dat doch ähm.

Mien Broer un ikk ween jümmers tosoamen ünnerwäägens.

Wi kropen van mörgens bit in de Nachten up d' Footdeel rüm - moie Footdeelen moaken. Dat wee noch in de Tied, as de Konjunktuur hoch över de Wulkens flooch. Aarbeitslosen kunns in Perzenten gannich utdrükken. De Ünnernäämers leepen achter us an – hars du vandoach irgendwons in d' Büdel hauen - kunns vöörgüstern all bi een annern Boas in Dennsten stoahn. Wi weesen all van Hoahnenkrein an de heele Dach düchdich an knoien west. Fieroabend harn wi bold to foaten - meenen wi. Twee Zirettlängten vöördem keem us Boas up d' Boostää. He wee rein ut de Puust, so har he jocht, dat he us noch bi d' Büx kreech. Wee hüm doch verrafftich wat ut d' Kopp floagen - un wi schullen dat noch ähm utbügeln. Een oal Minschke har he tosächt noch an disse Dach bi hör Footdeel antofangen.

Na joa - wi ween jung Keerls - Geld muchen wi ok woll lieden - un so muß de Fieroabend noch up us töven.

Dat gung up Oabendsbrodtied to un wee all balkendüster, as wi bi dat öller Froominsch an de Döör pingelten.

See har woll de Köäken all utrüümt un laang tööft - liekers har see dat Waark för de Dach ovschrääven.

Wat wee Oma blied, dat wi nu doch noch bi hör in de Dör stunnen. See wuß gannich so recht, wat see us aal doon schull. Wi kreegen to äten - un wat to drinken. Tja - un mit dat drinken - dor har denn een Uul säten. De heele Batterie, de see in d' Schapp har, de hol see föör us an d' Lucht.

Rinspeet, moot ikk eerlich särgen - hevvt wi domoals nich - wenn us wat to drinken anboaden wuur. Mien

Broer kreech een Doornkoat inschunken un ikk har mi een Kaarsenlakör utkääken. Twee Stükk klukkern in de Glöäs, wiel - so as Omoa meen - up een Been kann man nich stoahn. Wormit see joa recht har. Oaber wi mussen eers wat doon - Omoa seech dat in. So een bietji tinkeln in us Oogen noa de Buddels henn har see doch woll mitkrägen. Ikk goa in d' Stuuv sää see. Helpen kann ikk jo joa doch nich. „Ikk stäel de Buddels up d' Kööäkenschkapp" - dormit wull see woll särgen, ikk seech woll dat ji noch een mööächt. Recht so! Dorvan ov - wi kunn mit dat Tüüchs eelich good ümgoahn - man dat wi all van dat Lösungsmiddel in de Kläver, wor wi de heele Dach mit togaang weesen, all gehörich een sitten harn - dat harn wi nich up de Rääkning. So hevvt wi denn bi us Waark elks sien Buddel lössmoakt. Wenn ikk dor nu hör: Igitt - nä, nä - so is dat nich. Dat wee de Tied in een Kierl sien Lääven, in de een Buddel Schlukk wat för twee Mannslüü is - wenn een dorvan nix drinkt. So - dat harn wi hat!

De Huusdör achter us in d' Schlött trukken - mörgen kunn dat Spillwaark wiidergoahn. Rin in de ole Klöäterkassen van Bully - un noa Huus andoal. Dat wee jo bold Middennacht. Hier in Oostfreesland harn wi dat Foahrtüüch joa noa Huus henschuven kunnt - dat gung dor oaber nich - wi woanden in een Gägend wor de Stroaten up un doal goaht. Mennichmoal up een Sied een Baarch un up anner Sied nix as Lücht. Een bäten ümto foahren sünd wi ok - figelinsch as wi ween - de Hauptstroaten wullen wi denn doch nich ünner de Reifens näämen. Nich wiel mien Broer nich mehr foahren kunn - nä. Oaber Schkandarms geev dat domoals ok all.

Wo nöömt man so een Tuur ok woll? Richtich - up d'
Spriitpadd noa Huus. Dat Foahrtüüchs stunn schnaas
jümmers good hunnerd Meter van to Huus wäch, ünner
een Stroatenlucht. Wi har een Latüchtengaroasch. Dat
Foahrtüüchs stunn so moi – dor kunns rein nich sehn,
dat de Stüürmann een sitten har. Ikk bün an d' Bifoahr-
ersiet utstäägen un loslopen. Tweemoal wee ikk all üm
d' Drei, as ikk spitz kreech dat mien Broer nich bi mi
wee. Ikk wäär retuur no d' Auto. Mien Broermann seet
noch piedelliek achter d' Rüür. Särgen wull ikk hüm,
dat he de Stünnens ok annern Dach upschrieven kunn.
Ikk riet sien Dör oapen - un bamms - licht he mi to
Footen. Wee de Keerl doch verrafftich an schloapen –
un ikk froach mi bit vandoach, well us woll noa Huus
stüürt hett.

<hr>

Goos moal anners ...

Dat gung moal wäär up Winachen doal. Up d'
günndsied van d' Stroat – in dat Gröönland van Kobus
Richelpoal wuur dat schnöätern all minner. Dat Koppel
Goosen kunn man nu all tellen. Elker Dach keemen de
Minschen ut de Nöächte - un ok van wiet her. Martens-
dach un Winachen – wat ween disse Doach oahn een
Goos up d' Disch. Bi Kobus Richelpoal worden de
Deerten oaber ok noch up de ollerwelsche Oart fettfut-
tert. Nich so stopperich as bi de Schluurhakken van
Pinunsenschoosters hier in Düütschland ov annerwons.
Man weet joa, wo dat över de Oostergrens mennich-
moal togeit mit de Deertenmästeree. Kobus sien Goo-

sen – de kösten denn ok woll een poar Pennings mehr – oaber he bruks ni nich Sörch to hemmen – he har jümmers noch to minn to verkoopen. Hans in d' Glükk woahn mit sien Annelisse nich wiet van de Goosweid wäch. Oh Gott – wo foaken har he Troanen in d' Oogen – wenn he so noa de anner Kant van de Stroat keek, un an de Tieden trüchdoarch, in de sien Moder noch dat Winachsäten t'rechtmook. Sien Annelisse de kunn woll komodich Woater koaken – oaber denn hull dat ok all up. Speegeleier hett see sükk moal an versöcht – de keem'n hochkant in d' Paan - dat har joa ok sien goods – up disse Oart paasen dor joa een büld mehr rin. Ganz so recht wee dat denn woll doch nich – de wullen näämich nich in de Paan stoan bliiven – un so kreech he jümmers Eierschmeer. Na – liekers – sien schmachtich Pans hull up to giilen – un dat is doch ok wat weert. De fiefuntwintich Joahr bit noa d' sülvern Hochtied har he all mit dat Schmoalspoaräten achter sükk brocht – he kunn sükk gannich mehr besinnen, wo een Minsch sükk noa so richtich oostfreesschk Äteree hööcht. Sien Annelisse har näämich in dat wiede Oostenland – dor in d' Noaberschkupp van Sibirien – hör Kinner un Jungwichterstied tobrocht – dor wo man ut Stääkrövenschillen een Sönndachskoken mook. Mach joa woll wat lekkers wääsen. Dit Joahr schull nu wat besünners worden. De Noabersfroolüü harn all wääkenlang van een kröästerken Goos as Winachsbroaden tüünt – dit Joahr wull Annelisse hör Hans överraschen. See wull hum wiesen, dat see nich minner wee as de freeslandschen Köökschken. Hans wee de heele vöörmiddach buten üm d' Huus to an klütern, un wunner sükk över so'n oarigen Röök. Een poarmoal har he all noa d' Jauchbakk luurt –

he muß endlich de rötterk Dekkel neemoaken. Tägen
middach röpt Annelisse – Hans, dat Äten steit up d'
Disch. Wat givt d' denn vandoach – löpt as Froach van
hüm trüch. Mehr as „Loat di överraschen" hört he nich
ut de Köäken. As he in de Koamerdör steit, faangt he
vöör Freud hoast an to blaarn – hett sien Froo doch noa
een halv Joahrhunnerd to'n eersten moal een broaden
Goos up de Toafel. So een Belääven oaber ok. De Goos
tweitoschnieden lett Hans sükk joa nich näämen – dat
hett sien Voader ok stilkens doan. He sett dat groode
Mest an – trekkt de Nöäs kruus - un denn krupt de
füünsche Froach över de Disch: Wormit hest du de
Goos denn füllt? Sien Annelisse kikkt hör Keerl an as
Puus up Sönndach – wuso schull ikk de Goos füllen?
Dor fääl doch binnerwendich nix an – de wee doch
ganz vull.

Grööndönnerdach ...

Full mi doch annerletzt wäär so een Sprööäk in de Hand
- Christoa Arntz, de ok een büld to Paper brengt – de
hett dat in mi antikkert. Grööndönnerdach - still
Freedach - Husenbusen Soaterdach – Hikkenbikken
Sönndach - Eiertrüllern Moandach. So as dat vandoach
goaelk is, an d' Olljoahrsoabend all Osterkroams in d'
Geschäften to sehn - dat kennnden wi as Kinners nich.
Winachen wee noch an Winachen - Ostern wee noch an
Ostern - un dortüschen wee denn Winterstied. Tied üm
van de Fierdreen to verschnuven, ov de heel normoale
Olldach.

För us dor wee datdübbeld moi - in d' Kaarkenbööker steit för Ostern woll wat anners schräven - man för us wee Ostertied Eiertied. Ok wenn dat in mennich Huushollen mit de Äteree noch schroar wee - Ostern kunnen wi us Panspien anfräten - Panspien van toveel haartkoakt Eier. De een de dat mehr - de anner minner. Dat har liekers nich so veel dormit to doon, woveel Eier Moder un Voader tohoop brocht harn - nä, nä - dat leech mehr doran, wo figelinsch wi weesen. Ostersönndachmörgen mussen wi de Eier söken. Bi kladderich Wäär wee dat nich so stuur - denn ween de Eier irgendwons in d' Huus verstoaken. Well denn nu nich nettemang in een Bismarcksches Schlött woahn, kunn de joa licht utfinnich moaken. Oaber Vöörjoahrshaftige drööge Lücht un een bietji Vöörjoarsröäk in d' Tuun - denn wee dat foaker een heel stuur Angoahn. De Ollen wussen woll, woveel Eier see faarft un verdeelt harn - vöörkoamen is oaber nich blods eenmoal, dat see sülvst nich mehr in d' Kopp harn, an wekker Stään see de nu verstoaken harn. As ikk all sächt hevv - ok wenn wi moal dat een ov anner Ei nich funnen hevvt, Panspien is dor liekers foaker bi rutkoamen. Denn Moandachs gung dat an d' Eiertrüllern un Eiertikkern. Eiertikkern - dat heet, de haartkoakt Eier mit de Spütz tägenanner tikkern. Well sien Ei denn toeers tweigung, de muß dat ovgeeven. Har man dat kloarbrocht in Huus een Steenei to stibitzen - un dat ok noch faarft krägen har - man - dat wee so, as wenn du vandoach een Wertpapier köffst, un dat is mörgen teinmoal sovöäl wert. De meesten wussen, dat wi hör beschieten wullen mit us Steeneier - oaber bi jüngern un bi Neeinstiegers hett dat jümmers good henhauen. Ikk kann mi nu nich

bi jeder enkelte ut de Tied mit Handschlach
entschüldigen - oaber särgen much ikk an disse Stää
doch moal: Wat wi as Kinners so up de Padd brocht
hemmen, dat wee nich blods good. Un well dat nich ut
sien Kopp strääken hett - de faalt Kinnerdummtüüchs
verstoahn een büld lichter - glööv ikk.

Gülden Koorn ...

Handwaark hett dat up Stünns stuur in Düütschland –
hört man allerwons. Is woll wat mit an - denk ikk mi,
wenn ikk denn so mennich Iisenschooster ov Hollt-
würmkraber sükk knoien seech. Een blikkern Göät ov
een hollten Bankje kanns joa ok keen Pannkoken van
moaken – wenn dor keen Kööper för funnen hest – dat
eenzich wat de schmachtich Ünnernäämers denn doon
köänt – see köänt de Priisen düken. Dat is in leege Tie-
den all jümmers so wäst. Wat in leege Tieden oaber ok
all jümmers wäst is – Schlachter un Bakker hevvt in
noare Tieden meesttied een pläächten Pans. Dat bün ikk
hör günnen – wiers – blods wat mi güstern ünnerkoa-
men is – dor sitt ikk nu noch düchdich an to knusen.
Mien Froo har mi inkoopen stüürt. See har d' aal moi
up een Plakkzädel upschrääven. Un wiel wi nich up de
Doalerbargen woahnt – man mehr in een bannich dröö-
gen Ekk, wor in de Grund keen Geldböömen wassen,
do ikk mien Körfke meest bi Puus ov Addi vullpakken.
So ok güstern. Ikk har de Plakzädel goaelk ovhüdelt –
de Schmacht kunn eers wäär buten de Dör blieven.
Richtich stollt wee ikk, dat ikk een tweepunds Roarch-

brot för een Mark dartich – fiefunszäßtich Cents moot ikk nu woll särgen – inköfft har. Dat wee een Priis, de mi tofallen is – brorch in mi son bietji dat Denken an mien Kinnertied hoch, as man dat, wat de Koopmann för sien Woaren hemmen wull, noch in een Fuust hollen kunn. Ikk wee blied – ikk wee so blied, dat ikk up noa Huus to verrafftich noch an een Bakkeree stillhollen hevv. Veer Brödchies wull ikk us günnen – moal een annern Schmoak up Frööstükksdisch brengen – son bietji wat van „Wohlstand" dör de Köäken weihen loaten. Dat is mi denn oaber furss vergoahn – muß ikk doch bi de Bakker för veer Brödchies van tosoamen man nett tweehunnerd Gramm Deech dat dübbelde an Doalers henlärgen, as bi Puus in d' Loaden för een dree Punds Roarchbrot. Ikk kunn mi nich verkniepen de Bakker to froagen, ov de Frücht wor he sien Määl ut moalen de, ut Gold wääsen.

Harrijeses nä . . .

Hannoa steit in d' Köäken an Tüffels ovdrein - joa, see steit dorbi - see kann bi d' Köäkenaarbeid nich sitten. Villicht is dat in hör Kopp so fast, wiel hör Voader jümmer sächt hett, Froolüü de bi d' Köäkenaarbeid sitten - de kriegen een breeden Mors. Liekers - Hannoa kann dat aal bäter in Stoahn ov. Wenn hör de Beenen schwoar worden, denn sett see sükk woll moal hen - nä - nich üm nix to doon - Strikktüüchs hett see denn in d' Hannen. Veertich Joahr un dree Kinners is see token Haarst verhieroad. Emil - wat hör Keerl is - de kann dat sitten good ov. Oaber stilkens denkt he woll jüüst so as hör Voader - denn nettegroad sitt see moal an d' Disch - geit dat ok all los: Hannoa, geev mi ähm mien Piep - Hannoa, wor is de Soaltpott - Hannoa, hoal mi doch mien Schluuren. Dat he sächt: Hannoa, goa man ähm vöör mi ut de Büks - dat is eenzich noch nich vöör- koamen. De Kinner harn dat van hör Voader bestich an- noahmen - oaber de ween joa all een Sett ut d' Huus. Is hör de laang Joahrn nich ingoahn, dat see eelich blods een Deel van d' Huushollen is - as bi een Auto de Röä. Annerletzt hett Meike hör moal mitnoamen up een Ver- telloabend - dat köst Meike düchdich Wöär, bit Hannoa Joa nikkoppt hett. De beiden - Hannoa un Meike - harn tosoamen in een Schoolbank hukelt - aacht lange Joah- ren. Hannoa hett so mennich Bööker bi Karsenlucht in sükk rinfreeten - de see van Meike kräägen har. Wiel - Meike woahn in d' Schlött - vöörn an d' Schossee - hör Voader wee Landroat. Hannoas Voader wee Plääch- mann bi d' Moorverwaltung - mit Schküpp un Spoa. Dor wee för so unnütz Tüüchs as Bööker keen Geld över. Deerns ut d' Volk bruken so een Spiegöäken- kroam nich läären, sää Voader, wenn he dor achter keem, dat see in hör Koamer in d' Bööker an schnüstern wee. Deerns koamt noa d' Schooltied bi d' Buur - un wenn d' bi hör anfaangt to killern, denn worden see freet. Bi Meike wee dat wat anners - de hör joa ok to de **Herrschaften**. Hannoas Voader trook sogoar in Huus de Mütz - wenn he dat sää. Meike is as jung Wicht in d' Stadt up de hooge School goahn – see hett studeert, un noaderhand so een wietlüftigen Professor hieroat - de netso in Borneo, Brasilien ov Gröönland in Huus wee as in Düütschland. Aal veer Wäken keem Meike woll noa Huus - solaang as hör Öllern noch läävden - un jedermoal keek see bi Hannoa rin. Un jedermoal brorch see wat mit. Moal ween dat Oorbüngsel - moal wee dat Rüükwoater - moal lüütji Buddels mit Faarf för de Fingernoagels - Meike keem nie oahn een bäten wat för de „Weiblichkeit", as see sää. Hannoa hett sükk nie troot, dat för sükk intosetten. Hör beid Deerns - de harn dat flink spitz, wenn Tant Meike wäär wat mitbrocht har. As de ole Landroat un sien Froo ovläävt harn, wuur dat seltener mit Meikes Visit - oaber nu wee see sied twee Joahren Wittfroo un wee heel un dall in d' Schlött trüchkoamen. Sieddem weih so'n lichten annern Wind in d' Dörp. De Landroatsdochter wee in hör junge Joahren in d' Stadt anners torechtsett worden - de Studentenbewägung hett dat moakt – „Emanzipation" nööm man dat domoals joa ok woll all. Hannoa hett dor jümmers blods innen Kiekkassen van sehn un hört - läävt wuur sowat in dat lüütji Dörp nich. Hör is een bäten striepelich tomoot - Meike kummt foaken ähm up een Köpke Tee, un bi elker Visit stekkt see Hannoa een lütt Stükk eegen Denken in d' Kopp. Emil is denn oaber nie in Huus. Annerletzt hett he all froacht, ov Hannoa anner Oogen krägen har - wiel see sükk son bietji noa sükk sülvst to dreit hett. De heele Mörgen trillern hör de Knoaken - wenn see denkt, dat Emil vernoamiddach in d' Huus is, wenn Meike kummt. Liekers - ovsärgen will see Meike ok nich, dat wüür de sowieso nich annähmen. Teetied is dor - Emil sitt all good tein Minüten in d' Köäken to gnaddern, wiel dat een spierke loater word - de Dör flücht oapen - Meike steit as een Sünnenblööm in de Deel. So recht passt Emil dat nich, dat de beid Froolüü so good mitnanner köänt. Sien Hannoa faalt hüm rein ut d' Hand mit hör neeä Ideen. Un so wiest he sükk van sien " best Sied" - üm Meike flink wäär to vergrauveln. „Hannoa - nu doo furrs de Taasen up d' Disch - de Room fäält hier ok noch - sett di doch ähm doal, du moakst mi rein kribbelich" - Hannoa kricht all een klörigen Kopp. See sett sükk hen un gütt Tee in - man jüüst dat see hör Keerl bedeent hett, häävt de allwäär an: „Hoal mi man ähm mien Piepenstübber - kanns mi ok glieks de ,Anzeiger' mitbrengen. De licht buten up de Bank." Dor lächt Meike hör maniküürt Fingers ganz licht up Emil sien Aarm - kikkt hüm luurich in de Oogen - so as de ole Veedokter dat bi een süken Koo ok woll deit - un froacht hum hönnichsööt: „Oaber dien Hoar – Emil – dien Hoar, de wassen doch säker noch ganz van sülven?"

Hein, dat Halsgatt . . .

Hein wee een Kerl van Dörgrödte, dorbi oaber nich so stävich as een Eekenboom - nä - he wee eder so as een dübbelmoatigen, knüttrigen Struukbessenstääl. Wenn he togang wee denn kunns sien Binnerwendiged woll in d' Puul klöätern hörn. Pläächmann stunn in sien Papiern - he wee all Joahr un Dach bi us in d' Koloan, üm de groode Mischmaschin wat to futtern gääven - dat wee sien Paneer. Wi suusen mit särß Mannslüü van Dörp to Dörp, üm Huusen mit zementen Footdeelen to bestükken. Good füfftein Joahr noa d' tweede Weltkreech schooten de Woahnkarteers joa as Pilzen ut de Grund - de Hüüs ween man jüüst to Papier brocht, denn trukken

66

de Minschen ok all in. Över allens, wat wi beschikkden, stunn AKKORD. Van de eerste Hoanenkrei bit schummerdüster rutter bi us de Maschin.

De Huut wee oabends van d' Waaschken noch gannich drööch, dor ween wi mörgens allwäär schedderich. Foaken kunn man us gannich ut 'n anner hollen - so gries un stofferk as wi utseegen. Anners Hein – Hein de wee een Orchidee ünner Peerblöömen, ov son richtigen schwaarten Füürpäper in een Pott mit Vanillisooß. Wenn wi Hein mörgens vöör sien Moders Huusdör ovhoalden - he wee woll all veertich, oaber he woahn jümmers noch in Huus – denn wee he antrukken as een ingelschen Lord. Up sien Kopp seet een stiefen Hoot, een düsterklöärigen Stoffmannel har he an - un över d' Aarm een Krükkstokk-Rägendakk. Ikk hevv hüm nie nich anners kennenliert - wenn he denn nich jüüst an sien Mischmaschin stunn.

Boostäänwessel wee joa ok meist mit Kuntreiwessel verbunnen. Wenn wi in denn in een Dörp keemen in dat wi noch nich waarkelt harn, kukoloren wi eers wor de Boahnhoff leech – so een Boahnhoff domoals, dat wee joa noch een Boahnhoff. De har joa stilkens een Krooch. In disse Krööch kunns meist üm meist all schmörgens üm fief wat to drinken kriegen. Ji glövt gannich, wo goaelk dat wee. An de Doagen, an de wi schmörgens all wat tägen de Dörst doon mussen, mussen wi luurn, dat Hein nich mehr as een Beer kreech. Har he eers dat tweede Beer to foat, kreech he de heele Dach niks mehr beschikkt. Ov un to meent man joa, man weet aal över sien Noaber - oaber denn wiest sükk, dat dat doch nich so is. So gung dat ok mi an een särßten September - ikk weet dat Doatum, wiel dat mien Broers Geburtsdach wee.

Vöör Dach un Dau ween wi ünnerwäägens noa een groode Boostää. Veertich Kilometers mussen wi foahren. Irgendeen wuß, dat mien Broer an disse Dach Geburtsdach har - een annern sää dat denn luut - un aal Mann graleerden veertich Kilometers wiet. Dat Graleern har us denn so utdrööcht - wi mussen eers in d' Krooch. Mien Broer geev elks, de all dor seeten, een Kunjakk ut, un wiel Hein blods Beer drunk, kreech he een Litermoat Beer - vanwägen de sülvige Priis. Jedeneen hett sien Glas in d' Hand - mien Broer deit Bescheed - ikk loat de Kunjakk mit son bäten trillern noa ünnern szakken - un mien Rechter mit dat lose Glas blivt in d' Lücht stoahn. Hein sien Litermoat Beer- krooch stunn allwäär up de Toafel - drööch un leddich, as wenn dor nie nix wat in wäst wee.

Ikk hevv mien Läävdach keen Bessenstääl mit soeen groodet Halsgatt wäär sehn.

Hett sükk een büld ännerd . . .

Wat hevvt wi as Kinner nich aal tohoop droagen. Lüütji Schatzen, de eelich to nix mehr to gebruuken weesen. Van löss Teetuten över ovbraant Riezstikken bit hen noa Boischiepapeer – dat geev eelich niks, wat wi nich as weert ankeeken – weert, in us Büksentaaschke to verschwinden. Wat wee en Jung stollt, wenn he sien Sirettentuten – Schachteln sächt man vandoach joa woll - up een groode Toafel stellen kunn. Wat wee dat een buntklöärigen Welt. Wenn man dorvöör hukel, kunn

man sükk in frömmde Lannen dröömen. Mit Kameeln
dör Afrikoa töffeln – mit Woaterpiepen in d' Mörgen-
land Damp moaken – mit Mannslüü up Peer kunn man
dör dat wilde Westenland rieden – mit Dampers över
dat groode Woater schkippern – vöörnääme Doams mit
lüftige Hööd näämen een mit in d' Waldorf Astoria –
dat nääm keen Ennen. Van disse bunt Tuten kunnen wi
genooch kriegen – well domoals näämich schmöök, de
hör ok to de Minschheit. Un well nich schmöök, de leet
de Anner liekers gewäären. So eenfach wee dat.
Dat hett sükk wiers ännerd – well vandoach schmöökt,
de word foaken leeger ankeeken, as een, de Kinner ov
Froolüü Gewalt andeit. An mennich Stään dröfft man
woll in d' Ekk miegen – oabers nich schmööken. Dat is
all een verdreiden Welt. Woarüm groode Minschen
sükk so ov so verhollen, dat weet man joa middelwiel.
Ikk wull oaber moal weeten, woarüm Kinner keen
Sirettentuten mehr sammeln. Ikk hevv dat gewoahr
kreegen – ikk hevv aal de Szorten van Hüüt vöör mi
upboot. Dor keem keen Gefööl mehr van groode Welt
un Reisen – ikk keem mi vöör as up een Kaarkhoff –
mit aal de schwaart Balkens un Krüüzen up de Tuten –
un wekker Kind speelt all geern up d' Kaarkhoff?

Hillichoabend ...

De griese Dach klöömt sükk fuchtich dör de Stünnens.
Dezember steit in d' Kalenner - de veeruntwintichste.
Wenn nich de gewaltige, grööne Winachsboom -
binnen in de Boanhoffshaal mit duusend Luchten dör

dat Glasdakk blenkern wür - Bernd wee nich in d' Sinn koamen, dat Winachen is. Sied Twee Stünnen sitt he hier buten up de Bank - mirdenmanken de Gleisen - wor de Stroatenboahnen un de Onibussen ovfoahren. Sien Büdel - mit dat, wat he sien eegen nöömt - hett he tüschen de Footen up d' Grund stoahn. Dat is aal meersnatt. Letzt Nacht hett dat düchdich rägend - un he har keen Dakk över d' Kopp. Eenzich Fenna - sien trö Fenna har hüm een spierke Waarmte för Liev un Hannen gääven. See hukelt bi hüm an d' Sied - hör Kopp licht up sien Knee - de bruunen Oogen krupen hüm rein in d' Haart. He wull sükk doch in d' Boahnhoff blossich een bietje upwaarmen - he un sien Hund. Üm disse Tied wee doch niks mehr los, dor binnen in de groode Haal. De Minschen seeten doch aal all laang in Huus - tüschen Kersen un Winachsgeschenken - oaber nä - Penner - Penner hevvt see to hüm sächt, de beid schneidich Mannslüü in hör schwaart Uniförms mit de gliemigen Stäävels in de sükk de Kersen speegelten. Ov de beiden ok woll all Froo un dree Kinner up een Schlach verloren harn - wiel hör Oogen bi d' Autofoahren moal twee Sekunnen nich an de richtige Stää ween? So as he dat beläävt hett - he, Dokter Bernd Krööger. Chemiker van d' Beteeken her - Pharmazii wee sien Boantje in een grodet Waark. Domoals ween een heel büld Minschen dör een neäd Medikament verkrüppelt worden – dör sien Entwikkeln. De Geldlüü in de Konzernspütz harn keen Tied mehr ovtowachten - ovtowachten ov dat neä Medikament ok up langer Tied good wee. He hett domoals sien Teeken dorünner sett - wiel he sien waarmen Stool in de Bedrijf behollen wull.

As de ersten Kinners oahn Aarms an d' Lucht keemen,
dor hett de Herrgott hüm as eerste dat Leevste noamen -
sien Froo un Kinners. Sien Huus, un aal wat he anners
noch sien eegen nööm, is denn ok noch wächgoahn –
vöör d' Gericht, as Entschädigung – so hett de Richter
dat nöömt. He is mit sien Herrgott un de Welt nich düll
doröver - he har dat joa verdeent. So sücht he dat - un
läävt sieddem up d' Stroat.
Penner harn in d' Boahnhoff nix verloren - also ok nix
to sööken. De Boahn kunn de Lüü mit Geld in d'
Knipke un een Dakk över d' Kopp son Anblikk nich
tomoden. He much woll weeten, wat ünner de roden
Baretts in de Koppen seet. För de letzt Pennings, de he
in d' Büksentaasch tohoop söcht har, hett he bi Aldi een
Ennen Görtwurst köfft - dat wee för Fenna un hüm man
wat för een hoalen Kuus - oaber mehr geev d' vandoach
nich. Is noch gannich so laang her, dor geev dat noch
een Boahnhoffsmisschoon - wor man eenmoal an d'
Dach een waarmen Szopp kreech - un moal een Stün-
nen schulich sitten kunn. De Dören hevvt see
tospiekert, wiel de Boas van d' Düütsch Boahn meen,
dat wee een Schandflekk.
Dör dat buten sitten, un de Waarmte in de
Boahnhoffshaal ankieken trekkt de Koal ok nich ut de
Knoaken. Bernd pakkt sien Büdel up de Schuller - un
trippelt los. Wenn hüm een froagen wüür, woneem he
hen will, kunn he säker nix antern. Fenna is as een
Schkaa an sien Siet - keen Handbreet is tüschen hör
Kopp un sien linker Been. Eersmoal lopen, lopen,
lopen - dat dat Blood wäär kreiselt. Wat toförderst
kreiselt, is dat Schmachtgefööl in d' Liev - wenn los
Daarms gielen kunnen - up de Stroaten wee dat nich so

ruhich. Wo laang he so mit Fenna an de Hüüsriegen vöörbi trippelt is weet he nich - een schulich Stää, wor he sükk mit Fenna föör de Nachtstünnens henpakken kann, hett he noch nich utmoaken kunnt. Dat is joa ok liekers – denn is de Nacht nich mehr so gräsich lang. Tomoal sünd de beiden nich mehr alleen - een lüütji witten Hund wuselt üm de beiden to. Van Siedels kummt hör een öller Mannsbild tomööt - nä, he moakt keen Boach üm de Penner – he kummt liek up de beiden doal, un blivt twee Trää vöör Bernd un Fenna stoahn - krauelt Fenna de Kopp - un schnakkt mit Bernd. Vertellt hüm, dat he sied dree Joahr alleen is - dat sien Froo all up de groode Reis is - un dat sien Kinner keen Tied hevvt. Blods dat jüngste - een Contergankind - ümsörcht he sied dartich Joahr. He froacht, mit een Beevern in d' Stiäm, ov see nich aal tosoamen Winachen fiern willt - un nööcht Bernd un Fenna in sien grodet Huus. Bernd kann nix särgen - he hett irgendwat in d' Hals sitten – he löpt hoast blind achter dat öller Minschke her. Bevöör de Huusdör achter hüm in d' Schlött faalt, sücht Bernd dör een Wulkenlokk een eenzigen Stern an d' Hääven blenkern - un tomoal weet he wäär, woarüm Winachen is.

Hinnerk un de Wääkenloon …

„Hinnerk …" Cloas reep noa sien Patzmann, up de anner Kant van de Döschmaschin, röver. Hinnerk hör nix. De Joahren an de Döschmaschin har hüm düchdich ballhörich moakt – he wee all een spierke doov up beid

Oorn. „Hiinnnnnneeerk ….“ Cloas bölk nu so luut as he kunn. Dat har seeten. Hinnerk drei de Nakk man twee fingerbreet. „Is wat?“ keem tägen sien Piepenstummel tüschen de Tann'n ut sien Halsgatt. Man seech Hinnerk ni nich oahn sien Piep in d' Schnuut. An d' Döschkmaschin drüff woll nümms schmöken – oaber Hinnerk gnauel de heele Dach up de koole Piepenstummel rüm.

„Nää, noch is nix – oaber in fofftein Minüten is Fieroabend. Geist d' noch ähm mit bi Djuren rin? Een Lütten drinken?“

In fofftein Minüten geev dat Doalers – de Wääken-loon för de letzde särß Doach Knoideree an de Döschkmaschin. Dat wee Soaterdach, un de Wääk wee so stofferk wääsen, as all laang nich mehr. Sied Moandachmörgen Klokk fief stunn de Döschk-maschin bi Krallmanns up de Deel. Elker Dach veertein Stünnen döschken. Sovöäl Frücht as vöör d' Joahr wee laang nich mehr van d' Land ovkoamen. De Döschkers keeemen dor hoast nich täägenan. Jüüst hör Döschkmaschin muß dit Joahr allwär bi Krallmanns to stoahn koamen. Woarüm nich een van de annern? Krallmanns ween as grannich bekennt. See seeten woll up de gröttste Ploatz in d' Kuntrei, un kapausterden elker Sönndach in de Kaark to bääden – oaber Gerd Krallmann har ok de gröttste Knieptaang in d' Kuntrei in sien Büksentaaschke. Nich moal Tee geev dat vöör de Loondöschkers. See kunnen sükk joa wat van to Huus mitbrengen, har Riekoa Krallmann spitz sächt – un anners - buten up d' Hoff wee joa de Pütt. Krallmanns Pütt har dat schlechst Woater wiet un breet. Dat wuß jedeneen in d' Dörp. Hör Teewoater kreegen see tweemoal in d' Wääk van d' Sandland. Riekoa Krallmanns Broer har dor sien Ploatz. Sowat goods kunn d' för d' Lüü oaber nich lieden. Up keen een Hoff seech dat Volk so klöäterich ut as bi Krallmanns. Veertich Koien harn see to melken, dat beste Veetüchs stunn up d' Staal, dreehunnerd Dimat Land wee hör eegens – un de Maiden un Knechten leepen vöör Schmacht in d' rundum. Eenmoal in d' Wääk wur in de Achterköäken koakt – een Schwienpott vull Karnmelksgörtbree. Dat geev d' denn middachs un oabends för dat Volk tö äten – Dach för Dach. De Schimmel up de Bree wee mennichmoal so dikk as een Ossenhuut. Un denn schull sükk noch well wunnern, dat de Döschkers soaterdachsoabends in d' Krooch gungen, üm hör stofferk Halsgatt fuchtich to moaken. De Klokk in d' Kaarktoorn har man jüüst söäben bummert, dor hukelden de Mannslüü ok all bi Sini Djuren in d' Gaststuuv. Sini wee dat man recht. Hör Pulterbeer leep ünner d' Wääk man heel sinnich dör de Hoahn. De Foorlüü drunken woll moal een Klukk ov twee, wenn de Peer wat to suupen hemmen mussen – un de Buuren, up d' Padd noa d' Stadd, günnden sükk de een ov anner Genääver, dat wee oaber man minn genooch. De Döschker Soaterdachs – dat wee för de Kröögersch Botter ünner d' Spekk. De Froolüü van de Döschkers funn'n dat liekers nich so good – oaber dat gung Sini man so an hör breeden Mors vöörbi. Wenn een Keerl noa hör Meenen mit bestellen moal nich flink genooch togaang keem, hulp see figelinsch een bietji noa. See look son spierke hör Kleedoasch trecht, un tomoal seeten de Mannslüü blossich noch hör Gewaltsbösten in d' Kopp, un keen Denken mehr an to

74

Huus. Bi Cloas un Hinnerk wee dat niks anners. Bi
Cloas frooch dor nümms noa. He har ni nich freet – he
wee een olen knüsterigen Junggeseäl, de bi sien Süster
in d' Huushollen lääv. Hinnerk oaber har mit sien
Olsch söäben Kinner – as de Örgelpiepen stunnen see
tägenanner. Dor wee de tein Mark, de he as Wäkenloon
kreech, man nich de Welt. Up jederfall har Sini hüm
binnerwendich moal wäär to foat – ov bäter hör Bösten,
und dat wat he anners noch meen wat see vörtowiesen
har. Mit elker moal henkieken wuur sien Dörst grötter
un sien Loontuut leeger. Mit een gooden Brand is he
denn tägen Middennacht noa Huus hensteustert. Dat
eenzich wat hee van Sini kräägen har, wee de Räkning
över Nägenmark-füfftich. As sien Froo denn mörgens
Teetaasen herkriegen will, licht doch ünner een Taas in
d' Köäkenschkapp verraftich een Fiefgroschenstück.
Manonman – wee dat een Glükk. Nu kunn see een neän
Teepott koopen, de oal wee hör näämich annerletzd
körtfallen – un up hör unglövich: Hinnerk, Hinnerk ….
ikk hevv in d' Köäkenschapp jüüst füfftich Penning
funnen – wulaang de dor woll all lirgen möächt, keem
van Hinnerk een gnuffeliged: Sied vernacht. Weets du
denn nich, dat wi güstern Wääkenloon kräägen hevvt.

Holl ähm still …

Güstern seeten wi in een Versammlung, dor drei sükk
dat üm een Soak, de halfwussen Minschen angung.
De Lütten seeten aal in de eerste Riech un leeten dat
Gekauel van de Grooten över sükk henlopen.

75

Wat schullen see ok anners doon, as ovtotöven. De Gemeente har dat Heft in de Hand. Dat Prozedere wee all good togaang, as de Dör nochmoal heel saacht upgung - een van de Jungen, üm de dat Spektoakel gung, har de Tied verpaßt. As so een Bottervoagel schweef he an de vullbesetten Riegen vöörbi.

Mien Noaber an d' linker Kant leet sükk hörn: „Dor kanns moal sehn - dat junge Volk. Nix van Pünktlichkeit in d' Kopp - dat wee bi us fröer anners." He puust düchdich för sükk henn. Bevöör he wäär loslärgen kunn, bün ikk upstoahn. Ikk de so, as wenn ikk för lütt Jungs muß.

Dorbi hevv ikk hüm mit mien Hakk reschkoapen up de Foot poast, un up Schlach hett he an de Jung, de toloat koamen is, nich mehr dorcht. Ikk bün hüm dries üm Entschüldigung angoahn – so een Mallör oaber ok - un is doch hoapenlich nix passeert?

Wenn he in disse Momang in mien Kopp kieken kunnt har, har he mien Beduurn woll nich so fiegelinsch annoahmen.

As he näämich anfung, över de Jung to schnötern, har ikk in de sülvige Oogenblikk een Belääven ut miene Jungstied vöör mi stoahn.

Ikk wee man jüüst veertein worden - de School leeg net achter mi – de Konfirmatschonssönndach wee anbroaken.

Üm tein Üür sää de Paster in d' Kaark de Gemeente Moin - un denn schullen wi konfirmeert worden.

Sowiet so good. De Tiedploan har de Paster joa fastsett. Wenn nu well denkt, ikk bruks blods upstoahn - mi t'rechtmoaken un noa d' Kaark hengoahn - nä, nä - so eenfach wee dat nich. Ikk muß eers mien Part in Huus achter mi brengen.

Dat heet - een poar Dusend Höner, Junghennen un Kükens mit Woater versörgen. Un nich man blossich de Woaterkroahn updreien. Dat leep anners - Jükk up d' Nakk, twee grode Emmers vull Woater anhangen - un denn man los. Barchup - Barchdoal. Teinmoal - jeder Tuur tweehunnerd Meter - Woater hen - Eier wäär mit noa Huus. Mien Broer sien Geschäft gung vöör.

Üm nägen in Rönnen waschken, antrekken - un denn man los. Wi seeten in d' Auto - mien Broer wull sien Koar anschmieten - un denn har dor een Uul säten. Dat Foahrtüch sprung nich an. De Motor jüdel un jauel - as de Autos dat fröer an koal Doagen so an sükk harn. Nix gung mehr - anschuven gung ok nich - wiel, wi woanden in een Lokk. Noa aal Sieden gung dat barchup. Wat doon? Ikk, so moi utstaffeert as ikk wee, de Beenen in d' Hand - un noa de näächste Noaber, de een Auto har. Dat wee us Schlachter. De wee ton Glükk all in sien Wurstköäken togaang. De hett Moder un mi denn so in sien blöderk Aarbeids-tüüch noa d' Kark henbrocht. De Siedeldöören van d' Kark ween aal to - un wi mussen vöörn dör de groode Port.

Fiefuntwintich Karkenbanken stunnen dor an beid Sieden. Aal ween see vullbesett - un jeden sung, wat sien Halsgatt hergeev.

Schnöätern kunnen de Minschen joa jüüst nich mitnanner - oaber duusend Oogen hungen an mi, as ikk so in mien kört Hemd bit noa vöörn to - bit noa de Konfirmannenbanken leep. Moder is mit mi dör dat Spillwark van de dusend Oogen lopen - un see muß ok noch wäär retuur. As ikk mi endlich setten kunn, wee

ikk schweetnatt. Kiek - un dorüm muß ikk mien Noaber
in disse Versammlung düchdich up de Footen poasen.

Holl ähm up to schnakken ...

Ov un to sitt ikk moal in d' Roadio, un bemööt mi de
Minschen buten in d' Land wat in de Ooren to dreien. In
Huus is dat oabends denn een Drokkwaark mit dat
ovhören un rinlustern, wat man woll verkeert moakt
hett - ov wat heel figeliensch wee. Kummt ok vöör, dat
ikk van mi sülvst een Knuust in d' Sied bruk, wenner de
Peer mit mi dörgoahn sünd. Ikk bün dor wiers up to,
een honorigen Schnakker ovto-gääven. Foaken kriech
ikk oaber wat to hörn - dat sitt mi veerkantich in d'
Halsgatt. Un to sowat kann ikk denn eenfach mien
Schnuut nich hollen. Bi mi in d' Huus weet man dat,
un lett mi gwäären - wenn ikk sitt to lustern un mi
sülvst mit d' Pietsch begoah. In Natur hevvt dat fröer
joa de Klosterbröers mit een Knüttentau up d' blood
Pukkel moakt. So haart goa ikk denn doch nich mit mi
in d' Gericht. Güstern Oabend wee dat ok so - ikk seet
an schrieven un hör mi to. Dat is richtich goaelk - sitts
an een Stää, un hörst to wat du an anner Stää schnakkst.
Versöök dat man moal - sett di moi in d' Hörn an d'
Füür - un luster, wat du sächst - wenn du an d' Dör
steist. Schasst woll düchdich Schwierichkeiten
hemmen. Na joa - bi mi is d' joa so. Mien Froo wee
loater noa Huus koamen, un wee in d' Deel an
rümtütern. Wi harn us noch nich sehn - oaber see hör
mi joa - un wuss dat ik in d' Huus wee. Mit Hund un

Katt wee see an schnakken - een poarmoal woll ok mit mi - un wee rein Füünsch, dat ikk - anstatt hör to antern - aal wiiderröädeln de. An de inwekkt Schnakkeree van mi hett see heel nich dorcht. „Du höörs mi joa gannich to - gääv mi doch moal een vernümftich antern" - gnadderich keek see dorbi üm d' Dörpoal. Schweigen im Walde - so as Goethe dat moal sächt hett - dat kunns rein föölen. See muß eerst mit oapen Bekkschokken verknusen, dat see sükk mit us Roadio ünnerhollen har. Wenn ikk verdannt wat to hör säch, moot ikk hör eers kniepen - dat see wiers weet - dat is keen Konservendöös.

Hollten Been un Eierschmeer ...

Wat wee dat een moien Fieroabend. Us Noaber Jann Krüssmann wee man ähm to mi röverkoamen. He wull een bäten hen un herschnakken, wat dat so an Neeichkeiten geev in d' Dörp.
Mit Muul wee he ganz düchtich an vertellen wat de Wääk so brocht har. Mit sien linker Ooch keek he mi dorbi an, un mit dat rechter Ooch hung he all half in dat Lokk in de Grund, wor ikk Schlukk un Beer in har. Van wägen de Köölichkeit. Wiel dat up de anner Kant van sien Huus ok so moi Wäär wee, har he sien Noaber van dor glieks mit in d' Schlääptau.
Dree Mannslüü köönt joa mehr vertellen - un man muß joa ok een hemmen de man Prost särgen kunn.

Een Stück ov wat Schlukken harn wi all dorachter neit -
wiel, de eersten keemen joa gannich ünnern an. De
dröögen all vöördem wäch. Meen Jann.

De Schlukkbuddel wee all heel moager worden, un een
Riech Beerbuddels stunn ok all up leege Fööt.

Harm Wuddelbuuk - wat de Övernoaber wee - har jüüst
dat Flintenploaster bi d' Nakk, dat sied füfftich Joahr bi
us up de Stroat leech. Annerletzt sünd hüm doch
verafftich döör de Stöteree veer Beerbuddels in de Kist
twei goahn, de he achtern up sien Droahtäsel har.

He rääch sükk net reschkoapen doröver up, dat hüm
nümms de Schkoa utglieken wüür, as dat döör de Loon
tüschen de Hüüs düchdich klöätern de.

Wi man so hen, nää – nich üm to neeschiern, denn harn
wi joa Froolüü wääsen musst – nää nää – wi wullen
kieken, well woll Hülps bruk.

Wat hevv ikk mi verfäärt över dat Drufel Minschen up
de Stroat. Sovööl Hüüs stunnen hier doch gan-nich.

Wee dor upletzt noch een Onibus to Malör koamen?

Oaber nää ok - dat Deert har man woll sehn kunnt.

Jedeneen krei un bölk dörnanner - dat geev rein keen
Bild.

Wat wee passeert? Mirden up dat Flintenploaster leech
een Hüdschefüdel - een achunnänziger NSU. De
Stüürmann leech dwars dorünner, mit een Been döör de
Roahm. He reep blods jümmers: Mien düüre Eier, mien
düüre Eier.

De Wittfruu van tägenöver har woll richtich Sörch, dat
de aarm Kierl wat verlüstich gung. See wee aal an hen
un herweihen un har am leevsten sülvst mit Hand
anlächt.

Oh Gottinää - nähmt de Aarmste doch de Bukk tüschen sien Been'n wäch, dat dor nich noch mehr bi körtgeit. Siene aarme Fro - siene aarme Fro, keem dor jümmers wäär achteran. Wat schull dat woll heeten – de leech doch nich mit up de Stroat.

Wi harn endlich dat heele Wark utnanner plükkt. De Dokter wee ok ankoamen un wull hüm glieks bi sien Been.

Mien Been is nix mit - dat is ut Hollt, sä de Stüür- mann. Blossich mien dartich Eier, de ünner de Klukkhäen schullen - de sünd aal in dutten.

Hörerschrieven . . .

Mi is in mien Lääven joa all een büld ünnerkoamen. Dat köänt ji mi glööven. Ikk hevv all Schoapen fleegen un Hööner schnakken sehn. In mien Boantje as Roadioschnakker is nu oaber annerletzd wat bi mi up de Toafel fluttert – ikk wuß dor eers heel nix mit antofangen.

Mi schrieven de Minschen – de Hörers – foaken wat van dit un dat – un ok woll moal van annerswat. Över dat „annerswat" will ikk mi nu jüüst nich utloaten. Dor kunn mennicheen verrafftich een roden Klöär kriegen. Ovwoll – verkeert wee dat villicht ok nich.

Üm de Schrievteekens van mien Hörers to ent-roatseln, hevv ikk tägen mien Kantordisch Stükk ov wat Wordenbooken to lirgen. De sünd nödich bi so een Waark.

Wiel – de een schrifft in latiensche Bookstoavens, de tweede in aroabisch ov kyrillisch – denn seech ikk ok moal Kreiulen – de sünd denn meesttied so een Oart Gemengsel tüschen Inkakiilteekens un japoansch. Dor koam ikk stilkens noa een büld hen un hergehuule doch noch mit kloar. Mien binner-wendich Gefööl hööcht sükk an meesten, wenn ikk Breefen in Düütsch ov Sütterlin kriech.

Eergüstern nu – eergüstern stunn ikk mit mien lüütji Verstannskassen vöör d' Brett. Ikk kreech een grooden Breef. Dor muß de Post extroa een Frachtwoagen för herstüürn. Twee Mannslüü mit een iistern Sakk-Koar quäälden sükk de Trappen dormit hoch.

Een Stünnen hett alleen dat utpakken düürt. Wat keem vandach? Een – joa wüggelk - een Boach Breefpapier. De Boach wee hoast so grood as Hinnerk Klumpen-jann sien Burseldöör. Un de Schrievteekens eers-moal. De enkelt Bookstoavens kunns verwesseln mit Iisboarstappen – un so seegen see ok ut.

Schrievgeleerden ut de hooge School hevvt mi denn hulpen, dor Sinn an to kriigen. Een lüütji Dakkel-doam mit Noam Ninoa ut Oestringfeld har mi schrääven, har mi schrääven, dat see aal mien Roadiosendungn höört. Woarüm vertell ikk jo dat eelich aal? Oach so – ikk wull blossich dormit särgen, dat wi Minschen jümmer wäär wat nees to weeten kriegen.

Ikk hevv mien Kinnertied söcht . . .

Dat Dörp hevv ikk funnen – de Stroat ok. De Huusen
stoaht ok noch dor – blossich dat Lääven – dat is
schiens wons anners hentrukken.
De Krooch steit an een Krüüzung - mirden in d' Dörp.
Dwarß tägenöver - up de anner Ekk steit de groote
School. Dor is ok all laang dat helle Füür utgoahn – so
een bietji spüttern de Sprikkels nu dor noch vöör sükk
hen. Een handvull Schietbüdels sitten noch in de
Banken, un argern de Mesters. To mien Kinnertied -
vöör een Riich van Joahren, galler bi Dach dat Lääven
noch dör dat Huus – un Oabends funn sükk dat buten
wäär – de Krüzung wee so'n bäten dat Haart van d'
Dörp. Up jeder Ekk tinkeln de Luchten – in een Huus
geev dat Iis un Koffi – up d' günntsied Broatwurst un
Kreivöägels van d' Füür – in d' Krooch kunn dat
Jungvolk danzen, un de Ollen mit hör loame Knoaken
kunnen sükk bi Schlukk un Beer höögen. Schnakken
kunnen de Minschen dor – un scheeten – well d' denn
much. Dat is ruhich worden in de Stroat. Dat Huus mit
Iis un Koffi is dod – de letzde Broatwurst un de letzde
Kreivöägel sünd all laang dör d' Halsgatt goahn. De
Minschen in de Hüüs dor ümto hevvt sükk dübbeld
Schieven in Fensters un Dören setten loaten – wiel see
binnen nich hörn willt, wat buten all laang nich mehr
sächt word. Up Schlach fief Minüten vöör Klokk aacht
geit denn een Rummeln över de pläächt Kaarkhoff – as
de dat Dörp nu so een bietji lett. Denn ruttern de
Rulloadens – Jalusien sächt man joa woll up
needüütsch to disse Kiekstoppers – noa ünnern. Man
will säker mit de Kiekkassen – de neemodsche

Tellewischen - alleen in siene Koamer wääsen. Dat steit een joa to. Eenzich de Krooch stüürt oabends noch Lucht in de Nacht. Ok dat Lucht is ruhiger worden. Ikk hevv mi van de Ekk furs een Bild moalt – wiel – bi d' näächst Moal söken is villicht van mien Kinnertied ganniks mehr to finnen.

Ikk mach dat nich ...

Mit de Äteree wee dat joa vöör över een half Joahrhunnerd noch 'n bäten anners as vandoach. Up d' Disch keem, wat de eegen Tuun so hergeev. In d' Vöörjoahr, Sömmer un Haarst frischk - un in Winterdach ut Glöäs un ut Steenpotten. Hoast eenmoal in d' Wääk geev dat Suurkohl mit een örnlichen Remmel Spekk. Un stampt Tuffels. Moder gung bi d' Tuffelstampen mit 'n leddigen Buddel in d' Pott tokeer - as wenn hör dat Spoaß mook. Dat wee eelich so richtich noa mien Mööäch. Mien Broer de kreech oaber an disse Doagen jümmer wat anners.

He kunn keen Suurkohl verdroagen. In mien Oogen wee dat joa blossich Tierderee, wiel he leever Hönerzopp much. Oaber us Moder meen - bevöör de Jung dat aal wäär boaben rutflücht, kricht he wat anners to äten.

Wat een ungerechten Welt. Man moot blossich weeten, wo man dat angeit. As ikk mi dat laang genooch mit ankeeken har, meen ikk joa to weeten, wat ikk doon muß. De Middachstied wee dor. Mama, wat givt d' to äten, reär ikk dör de Kööäken. Suurkohl, mien Jung,

keem van Moder retuur. Dat mach ikk nich - dat
kummt mi stilkens wäär hoch. Ho, dat is joa ganns wat
nees – oaver ikk will dor woll een Ooch up hemmen -
vandoach givt dat up jederfall Suurkohl.
Ikk kann dat nich verdroagen . . . - un dorbi bleev ikk.
Mit de Globen, wat anners to kriegen, har ikk mi
düchdich anschäten. Mien Broer kreech sien Hönerzopp
- de annern haun aal as Mallen in Suurkohl un
Tuffelstamp rin - un ikk seet dor in d' Sofoa to pruulen.
Wat blaar mi dat Haart - de Rööäk van de Bottertuffels
trukk mi in de Nöäs - oaber nä - ikk mach dat nich! De
een kreech wat anners - nu wull ikk dat ok.
Schietendiedel - nix van dat - dor steit de Suurkohl.
Mach ikk nich. Ok good. De annern ween aal kloar mit
äten - de Disch wuur ovrüümt - un ikk steuster oan
Äten noa buten. Ikk wuß joa nich, dat mi de Pans een
poar Stünns loater bit in d' Kneebuchten hangen wüür -
ikk har joa noch keen Schmacht kennenliert.
De Noamiddach trukk sükk in de Längte - dat wull rein
keen Oabendbrotstied worden. Mien Gedankens kunn
ikk heel nich bi d' speelen hollen - stiäl trukken see noa
Suurkohl un Tuffelstamp hen. Een half Stünnen
vöörtieds kunn ikk dat nich mehr vullhollen. Mit een
Ziers suus ikk noa Huus to - buten vöör de Köäken fung
ikk all an to bölken - Mama, Mama - geev mi gau sowat
van Vermiddach. As Moder in de Köäken keem, seet
ikk all mirden up d' Disch. Up Kneen vöör de Pott mit
Suurkohl - un wee mit de groode hollten Läpel an
scheppen, wat dor man rin gung. ,Ikk mach dat nich' to
särgen - dat hevv ikk mi van de Tied an verknääpen.
Leever sükk moal een bietji schküddeln bi d' äten - as
een heelen Noamiddach to schmachten.

85

Ikk much jeden woahrschoon ...

Autos hevvt mi eelich ni so richtich wat sächt – as
jungen Keerl nich, un as ikk all utwussen wee, un
överall wor see hengehörden Hoar an d' Liev har, ok
noch nich. Ikk hevv de blikkern Hüdschefüdels jümmer
as wat ankeeken, wat man bruks, wenn man een Bedriif
har – ov so äänlich. Dat hett sükk liekers so een bäten
ännerd in mien Denken – sied ikk een Patent för sükkse
Deerten hevv. Nich dat ikk nu – jüüst as Gerd Neeriek
– ji weeten joa woll, dat is de Keerl mit de
Elefantenpedd in d' Autodöör – mit mien Bensinfräter
sogoar noa d' Schiethuus foahr – dat man nich. Denn
muß ikk mi joa hooger dünken as een Kaiser – denn
sülvst de geit joa noch to Foot up d' Dönnerbalken.
Hevv ikk mi wenichstens särgen loaten – van een
Minsch, de dat weeten moot. Dat is een Noaber van us
– de knoid ok bi de Hambörch – Mannheimer – wenn ji
weeten, wat ikk meen. Dat wull ikk oaber joa gannich
vertellen – dat schoot mi blossich jüüst so in. Also –
ikk hevv denn in rägelfaste Joahren – dat heet, mi dreef
dat nich mehr so dwarß dör de Welt – mien
Stüürmanns-patent moakt. Für selbstfahrende
Motorwagen – as dat bi de eerste Kutschen oahn Peer
so moi heeten hett. So een Koar muß denn joa ok
dorher. Reell to een Waarksverkööper to steustern un
een hoagel-neeäd Auto to koopen – dat mook mien
Knipke nich mit. Dat wee net in de Tied düchdich
verkollen – son bietji schwakk up de Bost. Wat hevv
ikk doan – ikk hevv in d' Bladdje keeken. „Automarkt"
stunn in groode Bookstoavens över de Sieden. Een poar
Dörpen wiider sää mi dat, wat mi anboaden wuur, to.

Dat Foahrtüüchs wat dor up d' Warft stunn seech ut, as ut een Rekloametoafel sprungen. Een bietji noaloaten bi d' Priis hett he denn ok noch – wiel de Verkööper mi so good lieden kunn. Wat hevv ikk mi hööcht, un wat wee ikk blied över de goode Hannel – joa – bit ikk in mien Bliedheit dree Wääk loater mit mien Stüürmannsbank up de Grund seet. Ünner mi flogen de Funken ut de Grund, as wenn een bi d' Iiserboahn de Nodbreäms trekken deit. Har de frünnelke Verkööper de Ünnerkant van dat Foahr-tüüchs verrafftich mit Melkdöösenblikk torecht-schoostert – un mit Pikk aal moi schwaart tokliistert. Wenichstens bi d' Utwoahl van de Dösenmelk hett he Karakter wiest – dat wee näämich Blikk van Glükkskleedöösen. Ov ikk dor woll een goodet Geschäft moakt har?

Ikk säch Moin noa Auerk,

moin leeve Johannes Diekhoff – ikk moot nu moal luut dat hör Schrieven mi düchdich hööcht hett. De Worden hevvt mi wiest, dat Oostfreesland doch dat rechte to Huus is – sünners dat noch Minschen givt, de dat wat bedüüden deit. So as Johannes Diekhoff. De moie Teestünnen, de wi beid hoapenlich in de näächste Tied mit Schnakken „üm de Ekk brengen" kiek ikk so'n bietji as Füürtoorn in düster Nacht un ruuge See an. Dor boaben up much ikk Johannes Diekhoff geern moal in een van us Plattdüütsch Sendungen bi Roadio Joade vöör d' Schnakkfatt an mien Sied sitten hemmen. Dat

wee för mi as so'n lüütji Winachen, wenn ikk ut Auerk
as Antern kreech: Dat moak ikk!
In d' „Diesel" dröfft ji van mi rinsetten wat ji willt –
ikk hevv nix dortägen. Annersrüm kiek ikk dat as
Stäävel an – us Modersproak hett dat mit jeder
Oogenpoar - dat sükk mit us Schrieveree ovgivt –
lichter.

Haartlich Gröten un munterholln sächt Ewald Eden

═══════════════════════════

Is dat noch Oostfreesland . . .

Is dat noch Oostfreesland? Joa dat is Oostfreesland –
dat is us Oostfreesland - man dat van vandoach!
Jümmers wenn ikk över de Grens - liekers van wekke
Sied – in Oostfreesland rinfoahr, scheeten mi disse
Worden van Hannes Flesner dör de Kopp. Un ikk moot
dat ingestoahn – so'n heel bietji anners word mi dat
stilkens tomoot – oaber dat licht woll in d' Natur van
us Minschen. Dat düürt meesttied schmoals nich laang,
denn bün ikk wäär blied – bün eenfach blied, wäär in
Huus to wääsen. Ikk spöär mien Haartblood up mi
doahl lopen, wenner mi dat eerste Moin tomööt kummt.
Huusen schoon un schier – nargens up d' Welt is dat so
woar as in Oostfreesland – un so freedelk is dat hier.
Stäelt jo moal vöör, de Oostfreesen ween sükkse
Hittköppen as de Minschen dor ünnern in dat hillige
Land – ov wi bruksen heel nich so wiet to kieken – up
dat Stükkji Grund – dor an de Westenkant van dat
ingelsche Eiland, dor wiest man de Welt joa vandoach

ok noch hoast elker Dach, wo dat so geit mit Haun un Stääken. Wi – de wi in de ollenborg-sche Kolonie in d' Oostdeel van Oostfreesland us Huusen hevvt - mooten eelich elker Dach up Kneen us Herrgott danken, dat de Noabers in Oostfreesland Minschen sünd, för de een Köpke Tee een hoogern Weert hett, as de gröttste Kanon. Liekers givt dat oaber ok in Ossfreesland Ossenkoppen genooch.

Jan brukt 'n neeän Büks ...

Dat givt joa woll Minschen, de aal veer Wääk nee Kleedoasch bruken - meenen see denn tominnst. Jan wee dor wat anners. Aarbeidstüüch wuur joa woll mehr verschläten - oaber de Sönndachsstoat hull doch meist üm meist een halfet Lääven. Tini keek dor mennichmoal all rein füünsch tägen an - un nu wee hör de Gaal överlopen. „To us sülvern Hochtied köffst du di 'n neeän Antuch - ikk hevv all bi Hein Jöäd käken. He hett dor moi wat hangen, wat ok nich so düür is. Dor sünd denn ok wiers noch twee Schlipsen bi över. Dien oal Schlips de kanns denn joa as Kopptau nähm'n." So as see dat sää - Hein kraab sükk an sien griesen Köäsel - dat kunn woll eernshaftich wääsen. „Och Tini - mien schwaart Jakk un Büx ..." Wieder keem he nich. „Dien schwaart Jakk un Büx" - Tini keem rein in d' Hoosten, so upgerächt wee see – „dor hest du all dat halve Dörp mit bediekt - mien sülvern Hochtied is doch keen Beerdigung. Nä, nä - Hein Jöäd

weet all Bescheed - mörgen geist du hen - glieks noa d'
Melken." As een Dönnerschlach har dat klungen, un
Jan troo sükk nich noch wat to särgen. De heele Nacht
kreech he keen Schloap - vöör een Ooch seech he dat
neeä Tüüchs, un vöör dat anner de Riegen
Schlukkbuddels - de he dorför kopen kunn. Een
Jammer oaber ok. Dat hulp nix - de anner Mögen jooch
Tini hüm stuuv van d' Melken in d' Dörp. Dat wee man
jüüst sööäben, stunn he all bi Hein Jöäd in sien
Klüterloaden. Manken aal de Plünnen kunn he Hein
Jöäd hoast nich sehn. Wat de Minschen oaber ok aal so
kopen kunnen. De Hemden un Jakken un Büxen seegen
ut as tätoweert - aal mit so bunt Kreiulen - igittigitt - wo
kunn man sowat antrekken. He wull all wäär ümdrein -
oaber Hein Jöäd wee flinker un har hüm all an d'
Kanthoaken. „Tini hett mi all Bescheed gääven - ikk
hevv di all wat rutsöcht." Figelinsch greep he in dat
Tüüchwaark – „hier, kiek di dat moal an - rein ingelsch
- Prinz Phillipp sien Schnieder hett dor sülvst Hand an
lächt" - sää he mit so een hollten Gesiächt - dor muß
denn joa wat mit an wääsen. „Dat is wat för
Generatschon'n – so een düür Stükk - vöör de Pries is
dat schunken" - Hein Jöäd keek mit een Ooch so een
bäten noa binnen - mit dat anner gluum he as een
löpschen Koo." Dor is blossich een lüütjien Fääler an -
dorüm is dat so billich."
Bi sien Schnakkeree weih he mit de Büx vöör Jan sien
Nöäs hen un her, as wenn he dat ingelsch Keunichspoar
towenken wüür. „De Knopen van d' Peerstall sitten
achtern." „Och" - keem dor van Jan, as he de Pries to
sehn kreech – „dat moakt doch nix – „wenn ikk miegen
moot, drei ikk mi sowieso noa achtern."

Junge, Junge . . .

Wenn Mannslüü an so'n wittschüürden Kroochdisch
tohoop sitten, kummt mennichmoal allerhand Belää-
ven up de Toafel - dor dürsen denn keen Jungfroon mit
in d' Runnen sitten. In fiefunveertich Joahr tohörn is
een heelen Riech Vertellen an mien Oohrn vöörbilopen.
Stükk ov wat sünd in mien Besinnen hangen blääven.
Mach nu de een ov anner denken, dat meest is loagen -
dorup kann ikk blods antern: Oostfreesen brengen nix
in d' Welt wat nich woahr is - ov so äänlich. So as Hein
Köäkenfrünnd - hüm hett moal een Virus - een heel
gefaarlichen - in d' Füüsten kräägen. Hein
Köäkenfrünnd stunn - so as de Noam all sächt - Dach
för Dach an d' Füür to koaken. Wiel dat bi Köäkschken
joa man bannich figelinsch mit de Ünnersökeree is, büst
du - wenn sowat dien Boantji is - eelich de gesunnste
Minsch van d' Welt. Geit di dat ok foaken stuur ov, aal
halwich Joahr een häntigen Teeläpel vull van dien
Stoolgang in so een lütten Tittbuddel to schuven –
oaber wat wääsen moot, dat moot wääsen. Kiek - un so
harn an een heeten Sömmerdach de Süüken-
schkandarms in Hein sien Stoolproof Sardellen - ov wo
de lüütji Deerten heeten - funnen. Sien Köäkenboas
wee futerich, dat Hein veer Wäken nich in d' Köäken
drüff, un wull hüm een rein schlecht Geweeten
anschüünen. Dor leech he bi Hein oaber an d' verkeert
Kant - denn wat kreech Jan Boas to hörn: Mien leeve
Jan - woarüm schall ikk vergrellt wääsen? Wor kricht
man denn anners för so een Teeläpel vull Schiet mit
Sardellen - ov wo de Deerten heeten - veer Wäken
Urlaub boaden? Dor kunnen de Mannslüü an d'

Kroochdisch blods nikkoppen - un Thedi Spekkfatt hoal as näächste ut, wat to vertellen. Wat Thedi in d' Kopp seet, dat leech noch'n bietji langer retuur - seet oaber ümso faster, wiel dat in sien eegen Famili ovgoahn wee. Dat dreit sükk üm de To - un Ümstännen bi de Iiserboahn. Net vöör de Kroochdör kliester an een grooten Toafel een Plakoat. Twee Bookstoavens bölken di reinwäch an, wenn dor an vöörbi leepst. DB stunn dor up - richtich veerkantich un hoast annerdhalf Meter hoch - dat lüütji Schrieven dor ünner verkloar denn in gleunich Hönnichwöär, wo goaelk dat doch is mit 'n Zuch to foahren. Joa - un jedermoal wenn Thedi dat seech, keem hüm kladderich gröön de Gaal noa boaben. Wenn he an denk - sien jüngst Deern, ov wee dat de tweedjüngste? Liekers - up jederfall wull een van de Deerns de Verwandschkupp visiten. De Iisenboahn- züüch in de Tied ween jümmers so vull - dor har'n de Kieler Sprotten in hör hollten Kisten dübbelt sovöäl Bott - un de kunnen ok noch lirgen.
Stünn'nslang muß dat Maidji in een Drufel Minschen stoahn. Ümfallen gung nich, wiel de Zuch joa so vull wee. Oaber dat leechste dorbi wee - see is as Jungfroo instägen, un bi d' Utstiegen wee see all hoch in Hoapnung. Sovöäl to de Pünktlichkeit van d' Boahn. As Theo dat to weeten krägen hett, is he bold stuuv an d' Böän suust. Na joa - de Broa seet joa nu moal in d' Bakkschapp. Kunns nix mehr an röören. Noa good veertein Doach knuseree har Theo dat fräten. Bi Lisoa - wat sien Olsch wee - düür dat nich half so laang, dormit kloar tokoamen - wiel see meen: dissen lütten Büksenschieter säkert doch ok us Renten. Oaber Omoa dat bipuulen - dat muß de Deern sülvst moaken - dorför

har Theo för sien Moder jümmers noch tovöäl Manschetten. Sönndachsnoamiddachs - Teetied stunn in d' Stuuv - Omoa kricht dat denn joa to weeten - un wat sächt see to hör Enkeldochter? Dat maak di mien Deern -un dorbi kikkt see Theo so figelinsch as een Ülk an - schüür di nie wedder an een Äsel, een poar Hoar bliewen jümmers hangen

___

Kauelee ...

Wi sünd so een lüütji Kring, för de schnakken un tohören een heel wichtigen Soak is. För mi ok – hör ikk Hinnerk Olldachsmaal nu all luut bölken. Joa man - dat glööv ikk geern! Schnakken un tohörn, wenner dat an d' Stammdisch in d' Krooch üm Schwienägelee geit, dat is nu wiers nix besünners. Dat meen ikk oaber jüüst nich. De Goav liekut-toschnakken – mit wenich Wöär Biller to moalen, de een anfoaten kann. Schnakken, dat de Tohörers sükk nich vöörkoamt as een Oap in d' Klauterboom – dat is de Künst. Nu hukelden wi moal wäär vöör d' Roadio – een Mannsbild dor in d' Studio vertell wat van dit un dat. Noa fief Minüten ween wi aal an joahnen, as wenn wi veer Wääken keen Schloap kräägen harn. Harm sien Footen ween ok all indusselt. Oaber tomoal wuur dat anners – een Froominsch keem in d' Spill - wee an de Riech, wat to vertellen. Us Oorn kreegen Rüggelswind – de Schloapichkeit wee wäch - sogoar Harm sien Footen kunns wäär rüüken. Kiek – sächt us Frünndin Christoa dor – dat is doch wat anners!!! Dor höört man doch glieks mit heel anner Oogen hen.

Kauelmorsen . . .

Ov un to wor ik joa woll moal nööcht, irgndwons hentokoamen. Dat sächt jo wiers nix - ikk meen, dat ikk inloaden wee, irgendwons irgendwat ut mien Belääven vöörtolääsen. De heele Soal wee besett - keen Stool wee mehr to sehn - up de nich een Mors seet. An de Vöörsitterdisch de ooldbekennt Koppen. Jedeneen schull joa nu wat vertelln - jeden een noa sien Mööch un sien Verstand. Natürlich up Platt - wiel dat joa us Modersproak is. De wull man in disse Rundum plägen. Mien Frünndin Christoa - wat een utwussen un utschloapen Frominsch is - dat dröff ikk so särgen - hett een Bemööten sükk to eegen moakt - dor kann ikk blossich de Hoot vöör ovsetten - see röänt bi Wind un Wäär dör us Plattdüütschland - froacht de Minschen, ov see för us Modersproak sünd un ov noa Meenen van de Minschen dat Wäkenblatt dor genooch för deit. Hör Handteeken setten de Lüü up de List, de nich tofrää sünd mit de twee Wöär plattdüütsch in d' Wääk - de man so in de Zeitung to läsen kricht. In disse Kring, in de wi nööcht ween wat to vertellen, gung dat joa nu üm us Modersproak. Christoa hööch sükk all up een büld Ünnerschriften - oaber nä - wat sächt de Boas an d' Vöörsitterdisch to hör: „Diesen Kreis möchte er nicht mißbrauchen lassen zur Stimmungsmache gegen die Heimatzeitung!" Und dat sää he ok noch in spitzdreit

94

Hochdüütsch. Mien Frünndin Christoa wee mehr as een bäten füünsch - besünners, as dissen Vöörsitter denn ok noch in hochdüütsch anfung to röädeln - Geschichten vorlesen - as he dat nööm. Un dat in een plattdüütschen Kring. Wat dor anners noch keem, kunns hoast bi inschloapen - kiek - un dat meen ikk mit Kauelmorsen.

Keerlke - wat doot see di . . .

De Keerlke-Pries word wäär utdoahn - so stunn dat in de Breef schreeven.
De Keerlke-Pries is een Utteeknung för Minschen ov „Institutionen" – kreech ikk to weeten – de wat sünner Goods för us Modersproak doahn hevvt.
Mien binnerwendich Hannen hevvt Bifall klatscht.
Recht so – wee mien Denken.
Ikk hevv mi up de Padd in de Krummhörn moakt. Dor schull dat geböören – in de lütji School in d' Gulfhuus.
Alleen disse School – hevv ikk so dorcht – is all de Reis weert.
Dat dit Denken nu mien Weeten is, dat givt mi denn doch wäär up een annern Oart to denken!
Noa dree Stünn'ns sitten un tolustern kunn ikk up Cornelia Nahts Froach wo mi dat gefallen har, blods antern: Good – man verstoahn hevv ik nix!
So as de leeve Cornelia mi ankeek, so keeken us Kalwers, wenner see dat eerste Moal noa buten keemen.
Över de Worden, de dor dör de Soal flutterden, mach ikk nich vöäl särgen, denn – wat ikk verstoahn kunn –

95

dat leet mi as een Szopp oahn Soalt – un dat anner – na
joa – dat de mi in d' Kopp blods säär.
Eenzich de Musik de van d' Siedelskant keem - de hett
mi hööcht. Wee dat villicht dat frömmd-lännische, wat
dor mitschweef?
Noa Huus mitnoamen hevv ikk een Bild, up dat
Mesters in een Kring tohoop sitten – sükk mit hör
Rechter up d' linker Schuller kloppen – un heel tofrää
särgen: Dat häst du good moakt. Mi wüür dat bäter
goahn, wenn ikk dat van eenfach Minschen hört har.

Wat ikk noch särgen much – de fliedich Hannen dor
ümto un dor mirdenmanken een haartlich bedankt an
disse Stää – an jo Teetoafel much ikk woll foaker sitten.

_____

Kinner ...

Wenn een utwussen Minsch mit een Drufel Kinner ut
de Noaberschupp nich good steiht, mutt he uppas-sen
dat he mit d' Kopp över d' Woater blivt.
Dat is sied aal Tieden so wääsen, un dat schall ok woll
jümmer so blieven.
Dorüm woahr di - du groote Minsch - dat du to de
rechte Tied ok dat richtige deist.
Wi hevvt dat as Kinner foaken genooch dörtrekken
mußt.
De Siedlung, wor wi us Kinnertied läävt hevvt, leech
glieks achter d' Diek. Up Teekenbrett fief Sträken langs
de Woaterkant - fief Sträken hochkant dordör - dat

ween de Huusriegen. In dat Karree ween up disse Oart good twintich Hüüsen de stuv an d' Diek stunnen.

Dor woahnden ok meist Lüü de keen Kinner harn.

Wat een Mallör.

Tüschen Siedlung un Binnendiekskant leech een breeden Schloot – de wee boaben woll an de veer Meter breet.

Wat ut de achthunnerd Jauchbakken överlopen de muß joa irgendwons henn. An dree Stäen gung een kennteekend Padd över de Schloot.

Dat wee föör us Kinner - de wi joa de heele Tied achter d' Diek to rieten ween - meist üm meist een grooten Ümwäch.

Blossich de twee Hannen vull Minschen de an d' Diek hör Grund harn, de bruksen dat nich. De harn sükk aal so'n Luukbrett - een Klamp mit'n Band dor an - boot.

Bevöör wi nu de laang Stroat noa d' Diek henschuffelten, susen wi joa leever bi de Begünstichten över de Klamp.

Dat ween vöör us füfftein Minüten de wi spoart harn - hen un her dartich Minüten. Wat kunnen wi in dartich Minüten aal beschikken.

Bi us in d' Stroat harn wi ok so'n Huus mit Dieks- anschluß. Dat Poar wat dor woan, har een Toafel upsett - rot un witt un schwaart - Durchgang verboten!

Well van us Kinner kunn den sowat läsen. Wenn dor upstoahn har: Nu koamt man aal her - hier drövt ji dör! - joa man, dat har de dösichste van us bookstabeern kunnt.

Tant' Elli leech stiäl up Luur, dat se us woll kriegen kunn.

Man - so flink as wi ween - hör Hannen greepen
jümmers in d' Lücht. Liekers - kunn e us up disse Oart
nich kriegen, kreech see us up een annern Oart.
Us Öllern kreegen denn aal poar Doach van hör Visit.
Wiel Tant' Elli bi nümms good lääden wee, gung dat
vöör us meist figelinsch ov. Dat geev in Huus een lütten
Standpauke mit Musik – un dorbi bleev dat.
För us Kinnervolk ween Tant' Elli un hör Keerl dat
feindliche Heer. Nu wullen wi in de groote Schlacht.
Oabends in schummerdüster wur de Klamp bi Tant Elli
un Unkel Arnold van ünnern ansoacht.
Annern Dach hett de Mester us wägen de Waarmte all
üm elben van d' School noa Huus henstüürt.
Wat harn wi een Glück.
Bi Tant' Elli achter d' Huus hullen wi boaben up d'
Diek groot Palaver. Hör Kopp gung van een Fenster
noa d' anner. See spöör säker, dat irgendwat in d' Lücht
leech - een Riemsel kunn see sükk dor oaber nich up
moaken.
Tomoal suus een van lütten Schmidt sien Kinner bi hör
an de Nöäs vörbi un över de Klamp.
Een Giel un Tant' Elli wee achter hüm to.
De säßtich Pund van Cloas hett de Klamp noch uthollen
- de hunnerdsäßtichs Pund Dampmaschin de dor achter
ankeem - dat wee toveel.
Net as in Nis Randers sien Vertell - splittern un krachen
mit berstender Macht - un Tant' Elli wee in de Gubel
kracht.
Dor stunn see nu bit an d' Bösten in de moie gröne
stinkende Jauche - un boben up d' Diek seeten woll
twintich Indioaners as in Steen haun. Över anner

Minschen hör Unglück kann man sükk nich höögen -
un us Franzos har joa nu de Kriech verloren.

Kinnersärgen . . .

Riekje un Ommo ween sied füfftein Joahr een Poar. Dat
de oal Minschen ok in füfftich Joahr noch Renten
kreegen – dor harn see genooch för doan. Söäben
Kinner hevvt de beiden in disse Tied torechttimmert.
As Örgelpiepen, de dör de Stroaten leepen, leet dat,
wenn see Sönndachs mit aal Mann noa d' Kaark
trukken. Riekje un Ommo keeken dat so'n bietji as
genooch an. Nu wullen see ok moal Spoaß hemmen,
oahn dat dor noa nägen Moant wat Lütts bi rutkeem.
Ommo har sükk all vöör een Joahr ov wat van sien
Früchtboarkeit ovhelpen loaten – wiel – Riekje kunn de
Täägenpillkers nich verknuu-sen. See har dat wiers
versöcht, doch noa een good half Joahr bruks see mehr
Raseerseep as hör Keerl. Een Boart wull bi hör wassen.
Dat wee denn doch toveel. Na joa – dat Problem wee ut
de Welt. Ommo har sükk sien Leitungs dörkniepen
loaten – un nu kunnen de e jüdeln wat dat Tüüchs hull.
Blossich dat Meubelmang in de Schloapstuuw wull so
mennich Rönnen nich mehr mitmoaken, un giel bi jeder
Drei, dat dat heele Huus hochkant in de Küssens seet.
De Noaber har allmoal so achternrüm froacht, ov
Hinnerk elker Nacht schwaartschlachten dee. Dat
Lääven – ov bäter de Dod keem hör to Hülp – as dat nu
moal so is. Oma wee ovlävt, un har een spierke wat
achterloaten. Weets wat – sää Riejke noa een poar

Wääk to Ommo – Oma har dor säker nix tägen, wenner wi us van hör Geld een neä Schloopkoamer kopen. Dat glöv ikk wiers ok nich, sää Ommo – wiel – sien Moder Tallje har bit in hör hoch Öller ok noch geern een bietje Leevde hat. Dree Wääk gung dat noch wat hen un her – wiel – sowat moot joa good överlächt worden. Oaber as lüütji Hinnerk – wat de jüngst van dat Drufel wee – schnaas mirden in dat Spill trillernd ankeem, wiel he wat van d' Kattenjaueln dröömt har – dor stunn dat fast. Annerndachs los noa Dischler Holtenspieker. De kennden de beiden good – dor wee Omas Sarch ok her. Sowat schafft joa Vertroon. Lütt Hinnerk muß mit. De Verkööper, de blods noch een spierke Hoar up d' Kopp har, trukk all een half Stünnen mit de dree an een büld Schloapstäen vöörbi. Kiek sächt de Bödel tomoal, dor steit Grodmoders Beäd. Bi dat Denken an sien Oma is denn lütten Köäsel denn ok noch wat anners infallen. He krei tomoal: Papa, Papa – wi harn man Höönerschiet mitbrengen schullt för de Unkel sien Hoar. Omoa Tallje har näämich – wenn een wenich Hoar har - jümmers sächt, dor moots di Höönerschiet updoon – denn wasst dat wäär.

Klören . . .

Wat wee de Welt oan Klören - wo seech d' woll ut, wenn dat keen Himmelsboach geev? Man kann sükk dat nich utmoalen - denn oahn Faarf givt dat keen Bild. Wo kunn man sükk gröön argern - ov vöör Wüterichkeit rod anlopen - ha, mit dat rode - dat is sowieso wat besünners. Hevv ikk moal in een hochdüütschen Romoanvertelleree een Riech lääst : „Die Genierlichkeit trieb ihr das Schamrot ins Gesicht" - stell di dat moal oahn Faarf vöör. Un wu schull man de Anner nich dat Schwaarte ünner d' Noagels günnen? Nümms kunn mehr blitzblau elektrisch worden - ov geel vöör Ovgünstichkeit. Dat Lääven wee een heel büld armer - nich moal mit schwaart un witt kunns dat glieksetten - dat sünd joa ok Klören. Aal de Footballverrükkten - wat ween de in Nod. Sönndach för Sönndach flücht dat dör de Lücht: die Königsblauen - die Weißblauen - die roten Teufel - die grünen Reiter - die weißen Böcke - wat schullen de Käklers denn bölken oahn Klören - un överhaupts - oahn Klören - de Singeree van dat blaue Meer - van de grööne Mai - van de rode Leevde. Un wo schull man de Klör van Chinesen, Indioaners un Negers benöömen? Ikk glööv, dat Themoa kunn man studeern - dor wüürn de Hoar up de Koppen anfangen to schmullern - liekers ov see schwaart, bruun, rod ov witt utseegen. Wat harn wi een aarmen Deertenwelt - bi de Peer geev dat keen Schimmels, keen Rappen un keen Vossen - bi de Keuen keen schwaart ov rodbunten - keen griesen Wulf un keen witten Boar. Bi d' drinken mussen wi us düchdich inschränken, denn bläkk end weit geev dat nich mehr - so mennich gülden Droapen leep nich ut d' Fatt - kunns keen schwatten Kruusen mehr schmöken un keen goolden Virjinia. Eenzich Ossfreesen - de de harn dat good - blanken Schlukk brukt keen Klör - un de Deerns harn noch netso blanke Oogen as tovöör. Eers wat de politisch Partein angeit - woneem schull keen denn noch weeten, wor he hengehör. Vandoach - in de

Klörentied - is dat joa heel eenfach. Kikkst an de
Riegen vöörbi - denn süchst du: dat is een Gröönen -
dat is een Roden - dat is een Schwaarten - dat is een
blaugäälen - dat is een bruunen. Worbi - mit dat, dat is
een bruunen mutts versichtich wääsen - bruun, dat hett
licht so'n origen Rööäk. Fiene Ünnerscheede in de
Klören - dor mutt man denn in öven üm de kennen to
köänen. Dat geit van lichtfarbich över üni bit noa „in d'
Wull faarft." Een Frünndin van us Frünndin Christoa
de hett körtens de Voagel ovschoaten in dat Bewerten
van de Echt-heitsgroaden. Dor har een Parteiminsch
sien Steetment hollen - ji köänt dat woll bäter
verstoahn, wenn ikk säch: he har een Stünn'n kauelt -
dor sää de Frünndin van us Frünndin: man is de
schwaart - de schmitt joa woll sülvst in d' Köälenkeller
noch een düstern Schkaa.

Klöätern in d' Puul . . .

Dat wee Fischkerssönndach - ji weeten nich wat
Fischkerssönndach is? Dat is, wenn de Fischkers up d'
Drööchte blieven mooten - wiel hör Fangquote hoast
vull is. Dat is een Tall, de irgendso verknüüs-terte
Bürokroaten in Brüssel ansächt hevvt. De hollandsch
Fischkerslüü keert sükk dor meist üm meist een Schäät
an - oaber hier bi us an d' Küst läävt man dormit - wiel
man joa Gesetzeströö is. (Hett allmoal een sächt, de
Düütschen sünd to döösich, üm to marken wenn hör
Regeern hör beschitt) Harm un Hinnerk ween denn
vöörmiddachs in d' Kaark west - nä, nä - nich in de, wor

dat Krüüz boaben de Döör haangt - nä, nä - in de Kaark, wor de Gesangbööker Henkels hevvt. In Emil Egts sien Krooch harn de beiden sükk dree Stünns de Mors breet sääten. Veel Duunichkeit is dor nich bi rutkoamen - dat kunn hör Knipke nich lieden - oaber so een bäten antüütert weens denn doch - de beid Mannslüü, as see ähm vöör Middach noch 'n Settji in d' Woater keeken. Mit schnakken wee dat nor-moalerwies joa so een Soak - tweeunhalf Wöär tüschen jeder Gloasen - dat reich. Un över annern hertrekken - as mennich Froonslüü dat bestich kunnen wee so keen Mannslüüsoak. Vermiddach har de Sprit dat Bekk woll so een bietji schmeert - denn de Fingers van beid ereichen nich, üm de Wöär to tellen. Dat wee oaber joa ok to verdreedelk - Diederk - wat moal Harm sien Pattsmann wääsen is - wee wäär in d' Dörp trukken. Dat har hüm in de Bargen nich hollen. Een Olsch har he mitbrocht - van dor, wor de Minschen so geern Voagels äten - Spätzle ween dat woll - ut Schwoaben. Wuur joa een büld vertellt över disse Minschenschlach - ok dat see grannich weesen. Harm un Hinnerk wussen dat nich so nipp un nau - sowiet noa d' Equator rünner ween see noch nich koamen in hör Läven. Dat wietste wee up een Utfluch mit de Füürweer moal noa Rechtsupwäch - dor is Hinnerk denn links in d' Schloot koamen - wiel de dor so een gräsigen Schlukk harn. Oaber dat blods so mit an d' Kant - Hinnerk wull dor gannich geern wat van hörn. Dat mit de Grannichkeit van de Süüdlänners - dor muß wat mit an wääsen. Diederk wee as een Gewalts-bräker ut hör Dörp wächgoahn - een Krüüz as een Kleeärschkapp har he hatt - un nu - noa nich moal fief Joahr wee he man jüüst noch Huut un Bunk. He klöäter man so in d' Puul. Tein Minüten bevöör man hüm to sehn kreech kunns hüm all ankoamen hörn.

Kloogheit …

Ikk weet nich so genau wo dat vandoach aal nöömt word - de Beteekningen ännern sükk joa aal poar Doach. See dreien sük jüüst so, as de överkan-didelten Medienminschen dat in de Welt setten doot. Bi d' läsen, hörn un sehn dreit sükk mien Begriepen - dor kanns rein brägenklöterich van worden. Solaang as wie in de School gungen ween wi Deerns un Jungs - bit noa good twintich hen heet dat domoals Wichters un Lüttmanntje, un denn ween wi endlich Froolüü un Kerls. Bit dorhen mussen wi överall pareern - moal mehr moal minner. Wi hevvt us stilkens dornoa gääven. Nu glöv oaber nümms, dat wi reine Engel west sünd. Wi kunnen ok anners - oaber foaker hevvt wi dat glieks wäär torüch krägen. Ikk moot ähm een Stükkji ut miene Jungmannstied vertellen. Ikk wee in d' Läär - ut mi schull een Müürmann wurden. Hett de Boas up Ennen denn ok woll henkrägen. Meesttied stunn wi mit in de laang Riech, un mussen müüren - mit de Gesellen mitholln. Dat wee ok good - man schull us joa wat bibrengen. Geev oaber ok Doagen, an de wi wat doon mussen, wat us nich so hööch. „Lehrjahre sind keine Herrenjahre" - dat sää mien Opa all. Wi hevvt dat woll höört - oaber ingoahn is us dat domoals nich so rech. Wi ween mit dree Lehrjungs up d' Boostää. Dat Huus wee all veer Trappen hoch - bruks blossich noch de

Spitz upmüürt wurden. Un de dree Schösteens de letzt
poar Meters. Boaben wee för us Lütten keen Bott mehr
- dat kunnen de Gesellen dääch alleen rieten. Wi Jungs
mussen de Kellers upkloaren. Dat wi för Freud in d'
Lücht sprungen sünd, kann ikk jüüst nich särgen - oaber
wat nütz dat? Ünnern in de düster Keller - bi us
Stroafaarbeit - so hevvt wi dat een bäten ankääken - wat
joa Tüünkroam wee - oaber so hevvt wi dat sehn -
kunnen wi dör de Schösteens de Groten boaben jakkern
hörn. Een van us har een grandiosen Idee - wi wullen
de dor boaben ähm een bietji inbööten. Zementtuten
harn wi joa genooch. Rin dormit in de Schösteens - un
anstoaken. Hei - wat wee dat een Vergnöögen. De
stunnen dor boaben an de Schösteenkoppen an müüren
- un tomoal keem dor so een schwaarten Wulk van
ünnern. De Biller in us Kopp wullen wi joa ok so een
bäten fastmoaken - un wat dör de Schösteentüüch
futern hörn. Jeden furs mit sien Kopp för een Lokk - dat
harn wi bäter nich doan - wi hukeln man net dorför to
lustern, har us ok all de Vergeltung droapen. Boaben
harn see in elker Zuch een Schüpp vull Kallik
rinschmäten. Man hett us denn an d' Beenen ut dat
Woaterbakk rutloaken - wor wi aal dree Koppöver
rinstoaben ween.

Knüppelschmieters un Teppichwächluukers ...

Vöör een langen Riech van Joahren - ikk weet heel nich
mehr, wulaang dat all her is - leep tomoal een neeäd
Word dör dat Land: MOBBING ! Well kunn dor van

Klara un Otto Normoal wat mit anfangen? Bi mi wee
de eerste Reakschoon: Wat een grääsich Word. Dat
Gefööl is in mien Kopp ok blääven - ovwoll ikk eelich
fiks hen un herdenken kann. Een grääsich Word is dat
för mi vandoach ok noch - blods dat, wat dormit
beteekend word - dat is noch een heel Ennen grääsiger.
Ikk hevv dat denn so mien Lävenspadd lang in d' Ooch
hollen - bin wiet dör de Welt lopen - hevv foaken
Hollstopp moakt un Biller van de Leidensgeschichten -
de disse Düwel, de mit Dööpnoamen Ovgünstich heet -
so anröört hett. Stünnenslang hevv ik Minschen tohört,
de mirden in dat Füür stunnen - utbraant an Liev un
Seel. De Troanen, de mi mennichmoal in d' Oogen
stunnen kunnen de Brannichkeit ok nich utlöschen.
Villicht - ov wat säch ikk - säker käent de een ov anner
van jo dat Gefööl, he will barchup - un sien Beenen
trääden de Grund unner sien Footen jümmers wäär
wäch. Wenner di dat moal so geit - kiek di moal üm -
dat is nich de Grund - de is meest fast un stäbich.
Achter di steit een, de lukkt an de Teppich - up de du
steist - un hööcht sükk, dat du an fluttern büst. Ikk
mach di blods toroaden - faang nich an to balangseeren
- dat moakt di krank - bliev stoan - un wenn disse lüütji
Düwel di an sükk ranloaken hett - denn galler hüm in
sien jachternd Muul 'n dikken Körken. Tomoal hest du
Ruh! Ov noch een anner Bild - van dat ikk överall wor
ikk henkoamen bün een hangen sehn hevv - een Minsch
hett een langen Padd vöör sükk - an d' Ennen steit een
un wenkt un röpt stilkens: Hier mutts du her. So een
lütten Armin Harry word in di woak - un du bösselst los
as een Mallen. Nägen komma nägen hest du in dien
Kopp - wiel - du wullt joa noch 'n bäten flinker wääsen

as disset Loopwunner. Hest de eersten Trää good achter di brocht - fleegen di tomoal Knüppels in d' Wäch - de lütji Düwel mit Dööpnoam Ovgünstich hett näämich duusend Süsters un Broers - as so een Springbukk mutts du dor över wäch. Wiel du oaber joa bi di in 'n Kopp keen Martin Lauer sondern Armin Harry büst - geit dien Loperee heel un dall in d' Büks. Wenner du denn nich över di brengst een van de Knüppels to griepen un trüchtohaun - wiel moal een wat van de rechter un de linker Waang schrääven hett - goa eenfach bi d' Sied un nääm een anner Padd - denn ankoamen deist up disser Wäch nii nich - un Minschen de ut Buulen un kört Stäen bestoan - de will so nümms sehn.

Krischoan...

Krischoan is van Natur ut een Koater. Sien Pelzmannel de he anhett, kunn he sükk woll van Mullen leent hemmen - so glatt un dikk un warm is de. Blods dat witte ünner d' Buuk sächt, dat dat nich so is. Denn well hett allmoal een schwaart-witten Mull sehn.
He is eelich mit sük un de Welt heel tofrää - eenzich Rötten - dor is he nich good up to schnakken. Wenn hüm een Rött över d' Padd löpt - de kricht he bi d' Schlafittchen, un lächt de in d' Achterköäken vöör de Deelendör.
De Achterköäken - dat is sien Kuntrei. Dor steit een grooten iisern Kassen - un boaben up is Krischoan sien Beäd. De Kassen grummelt woll jümmers so sinnich vöör sükk hen, oaber dor hett he sükk an wäänt.

Wichtich is de Waarmte de dor stoadich van binnen kummt. Disse Stäe moakt hüm ok nümms striedich. Wenn he denn van sien Butentuuren kummt, un düchdich rinhaun hett, kann he sükk moi in sien Körf tosoamen rulln un schloapen.

Man kunn denn meenen, dor licht een Stiekelschwien - as ikk all sächt hevv - wenner dat denn schwaart-witt Stiekelschwienen givt. Sieddem hüm moal in so 'n gräsigen natten Haarst dat Wäär up d' Pans schloahn is, hett he dat up d' Stiäm. Mannoman - dat wee een stuuren Tied. Wenn sien Huushöllersch hüm nich up d' Süükenstatschon noahmen har - hüm jümmers reschkoapen de Nöäs un de Oogen reinmoakt har - he har dat woll nich överstoahn. Waarm Botter un Melk hett see hüm mit een Läpel intüütert - bit he wäär richtich up Stikken wee. Good, dat dat sükkse Hannen givt.

Dat is woll Föögung - hett he dornoa moal to mi sächt. Bi jo Minschen givt dat joa ok wekker mit een schwaart Kostüm un vöörn een bäten witt - de van hör Huushollerschen ümsörcht worden. Joa, joa - ji hevvt dat good verstoahn - ov un to lett he sükk andoal - un schnakkt to mi.

Richtich Schandoal moaken kann he nich mehr - dat kliiängt mehr so noa rüsterk Iisen - oaber för een Schnakkeree in d' Tuun reicht dat dääch. Besünners in disse Tied, in de dat buten aal haart as Steen froren is. Dor moakt dat rüscheln dör de Natur joa keen Spoaß. So sitt he denn middachs - wenn de Süän so een bietji de Schloapichkeit ut de Oogen krägen hett - achterd Huus up d' Hoff, un schnakkt mit Kreien, Fasoanen un Häksters. Ov un to kann man ok moal een frünnelk

Moin hörn - wenn de Hoas mit sien Famili tokikkt, ov noch wat to fräten dor is. Mit Spreen, Meiskes un Amseln schnakkt he nich - de verkeern woll in anner Gesellschkupp. Eenzich wenn de Wacholderdrosseln infaalt - dor wesselt he woll moal een poar Wöär mit. De koamt joa ok van wiet her - ut Sibirien - un köänt wat vertellen. Un överhaupts - Wacholder is doch wat för haarte Kerls.

Solaang as dat so striepelich kollt is, givt dat up d' Hoff keen taagen un achternanner ansitten. Dat geit eers wäär los, wenn de Süän hooger steit, un dat Land un de Strüüker gröön worden. Krischoan hett mi moal in een besinnelken Minüt sächt: In Nodtieden mooten de Deerten tosoamenholln - dor givt dat keen Hauen un Stääken. Wenn ji Minschen jo dor ok man an hollen kunnen. Oaber töövt man - dat geit jo in een anner Lä<även up - wenn ji as Hund ov Katt ov Uul wäär up de Welt koamt.

Krööger Willem . . .

Krööger Willem un sien plietsche Oart - ov wenn een över sien eegen Beenen strumpelt

Willem wee Krööger - lang as een Tollstokk un stäbich as een Eekenboom. Wenn he achter d' Tresen stunn, wee sülvst de duunste Kopp noch nöächtern genooch, keen Spiegökenkroam to moaken. De Schkandarms kennden Willem sien Krooch blods van binnen, wenn

see Sönndachs noa de Kaark de Paster sien drööch
Schnakkeree fuch-tich mooken.
Willem har nich blossich de Krooch mit Soal un
Kägelboan - nä, he har in d Rüech noch een groden
Bakkeree - he har een Hannel mit Schlipsen un
Schluur'n - he har een duusendböömigen Appelhoff mit
Mosteree - oaber to vöörderst har he een katoolsch
Gesangbook. Wiel sowat bi de Geschäften förderlich is.
An d' günndsied van d' Stroat stunn de Kaark. Dat wee
fröer een Mönchskloster wääsen. De Mannslüü dor
binnen - de joa nix mit Froolüü hemmen drüffen - ween
mit de Tied utstürben. Wat Wunner oaber ok - denn een
Oss alleen kann joa ok keen Kalwer moaken. Willem
wee van Natur ut Mitmoaker in d'
Kaarkengesangsvereen - säker nich wiel he so good
singen kunn - nä - de Honoren in de Gemeente, de elker
Dönnerdachoabend dat Halleluja övten, mussen joa noa
de schweetdrievend Quäleree hör Stimmbannen öölen
un de Fuchtichkeitsspeegel utglieken. Dat wee doch
goaelk - fief Trää ut de Kaark, un man seet all in d'
Krooch. Us Minschen-fründ Willem kunn so een
Drufel Koiin doch nich an sükk vöörbi trekken loaten
oan hör to melken. Een heel groodet Schlitzoohr wee
Willem nävenbi ok noch. Dat Schappwark achter d'
Tresen stunn bit an d' Kant vull mit Sprit ut alle
Winden - de moal mehr, moal minner gau leddich
wurden. Well denn meen, de Buddels gungen up de
lange Padd noa d' Spritbranneree - nää, sükkse
Strapoazen kunn Willem hör gannich tomooden. Een
leegen Buddel bruks blossich mit Willem in d' Keller
goahn - denn düür dat schmoals 'eepoar Minüten un see

wee wäär vull. In d' Keller stunnen van jeder Szort häntige fiefuntwintich Liters Demions.

Dor geev dat Buddels in d' Büffee, de harn all de golden Hochtied achter sükk - wenn d' denn för Schlukkbuddels sowat geev.

In een schuligen Märtmoant keem denn de denk-würdige Dönnerdachoabend. Dat hüm sowat tofallen wüür, dat wuß disse Dönnerdach Middewääks ok noch nich. As dat so is in d' Läven - nich mit räkend kummt foaken.

Noa de Singeree in d' Kaark seeten so Stükk ov wat döstich Halsgatten an d' Stammdisch. Nägen Beer stunnen all up de Toafel. „Willem - do us man även aacht Kunnjakk un een Appelmost dorbi" krei de Wordholler. So, denn man Prost - un denn wee een tiedlang bit up heel saacht Gekauel ut de Ekk nix to hörn. De tweede Runnen steegens aal up Appelmost üm. Willem keek rein 'n bäten gnierich - wiel - een Krooch Appelmost köss aacht Gröschkes, un een Dübbelmoat Kunjakk een Doaler - wullen de hüm pleite moaken?

Bi de näächste Foor Appelmost har Willem all spitzkrägen wo de Hoas leep. He har sükk in de düster Keller in de Körfbuddels verdoan, un de groode Appelmostkrooch mit Kunjakk upfüllt. He wee oaber joa nich döösich, un so döösich, sükk wat marken to loaten all gannich. Tweemoal muß he noch in d' Keller klautern un de Appelmostkrooch mit Kunjakk vullmoaken. De honorich Keerls leegen noa Middennacht woll aal ünner d' Disch - oaber see harn jedermoal för aacht Gröschkes fief Doalers kräägen. So een Dübbelmoat Kunjakk paßt joa fiefmoal in so 'n

111

Appelmostkrooch. De Gesangslüü harn annern mörgen aal een veerkantigen Brägen - un bi Willem in d' Keller wee üm söäben all de Elektriker togaang - een dusendkersich Lucht to moaken.

Laang Nachten . . .

He pliest noa d' Klokk - glieks half twee. Wo foaken hett he in disse Nacht all de Klokk ankäken.
Nich blods in disse Nacht - nä, in een büld Nachten, de he up d' Welt is. De Nachten drüppeln meist as soalten Droapens van vöörbilopen Tied.
De Doagen sünd dor anners - Doagen sünd as bunte Döker, de sükk över de Tied lärgen - moal schwoar as Filz, moal licht as Sieden - moal glatt, moal kruus.
Doagen sünd luut un blau, sünd besinnelk un gülden - Doagen sünd heesterk un schwaart - so as dat net kummt.
Doagen verfleegen - Nachten sünd een annern Welt.
In de Doagen word man ringeborn - dat Lucht van disse Doagen lächt fast, wäkke Oart van Nachten us up de Padd dör de Tieden achteran lopen. De Dach, de hüm Moin sächt hett up disse Welt, de wee heesterk un schwaart. Heel schlecht Lucht för goode Nachten.
Wenn he so noa achtern föölt, kann he blods wenich Nachten griepen, de hellerder un waarm sünd.
Bit ganz an de Anfang kann he nich kieken - oaber dor, wor sien Besinnen een Gesicht kricht, sücht he all de drüppelnden Nachten. In een Ekk van sien Haart föölt he sükk schüllich. Schüllich vöör sien Geburt. He weet,

dat dat drüselich is - oaber inbraant is inbraant. Süsters, Broers un Voader hevvt hüm dat Brandteeken sett. Wenn Moder nich dor wee, foarn see van aal Kanten tägen hüm an - he wee de Prallbukk. De Stoa in d' Wäch, van de nümms wat har as blods Verdrüüs. Dat kunn man so een lütji Minsch doch woll bibrengen. Sien Asthmoa keem hör dorbi tomööt. Wenner sien Gesicht blau wuur, kunn man dat sehn. De Angst schnöör hüm dat Halsgatt to - nääm hüm de Lücht to oamen. De blau anlopen Seel - de kunn nümms sehn. Spoaß hett hör dat moakt - tofrää ween see, wenn he sükk in d' Ekk verkroapen har.

As Stiekelwier dücht hüm dat Band, wat sien Voader üm Moder dreit har. Joahren loater hett he Moder moal froacht, wo hör tomood wee, in so een düstern Tied noch een Kind to kriegen. So een langen Sett noa dat letzde - un denn ok noch van een Mannsbild, dat hör stiäl säär de - dat hör mit jeder Wiewermors, de he in d' Fingers kriegen kunn, bedrooch. Un hör ok noch weeten leet, dat anner Froolüü bäter in d' Bäed ween. Hör antern hett hüm Welten wiest. In de Hoapnungstied wee see vertwiefelt - de hett hör in disse letzte, gräsige Kriechswinter hoast dat Läären kööst. Oaber noa de Entbinnung - een Oogenschlach vöör d' letzt Kriechswinacht - is hör dat as een Herrgottsteeken ankoamen.

See har nu wat för sükk - för sükk heel alleen.

Dormit hett see villicht dat Fundament för sien Angsten lächt - woneem schull see dat in hör Vertwieflung oaber woll weeten.

113

See har een Minsch, de see d' aal vertellen kunn - oahn
Angst to hemmen, dat de dat Stiekelwier noch faster
anlook.

See hett woll keen Antern van hüm kräägen -
wenichstens nich in de eerste Tied - oaber he hör to.

Dit tohörn hett sien Seel woll de Förm gääven - hett
sien Seel oapenhollen för de Sörgen van anner
Minschen.

Mennichmoal is dat woll een Last - mennichmoal sünd
dat woll de drüppelnd Nachten.

Sien Geschwister hevvt sükk mehr de Voader todreit -
seegen in hum de groode, starke Keerl. Dorbi wee he so
wenich stark un heldenhaft as een U-Boot fleegen kann.
He wuß dat woll sülvst - un dorneem muß he Minschen,
de binnen starker ween as he, düken. De Stünnens un
Doagen, wenn Moder nich in d' Huus wee, sücht he
vandoach noch as Düwelswaark. De koolen Hannen, de
sükk in de düster Schloapkoamer üm sien lütji Footen
dreiden - ov bi Gewitter, wenn he sükk an leevsten
verkroapen har, üm nix to sehn un nix to hörn. Oaber nä
- sien Geschwister e hüm fast - un he muß Blixen un
Dönnern in d' Ooch kieken. Haartmoaken nöhmen see
dat. Netso verhollen see sükk vandoach noch.

In een düster Nacht is de Voader, de för hüm nie
Voader wäst is, stürven. Up sien eegen Oart un Wies.
He is utneit ut sien Verantworden - hett de Moder van
siene Kinner mit Schüldgeföölen achter loaten. Dat
verstunn he - bit up d' letzt.

Een van de Jungs hett denn ok glieks Voaders Stäe
innoamen. Mit Spoaß un mit de sülvich Charakter.

In disse Tied ween nich blossich de Nachten vull mit
Angst - nä, ok de Doagen.

114

De Spoaßen wurn jümmer handfaster - dat schull joa ok een Lävdach hollen.

Robinson - wenn he dat Word Robinson hör, hett he noch lange Joahren trillert. Bit noaderhand dat Book „Robinson Cruse" siene leevste Lektüre worden is.

Bi sien Kinnertied Robinson leeten de Grooten hüm as lütten Büdel - de joa noch nich schwemmen kunn, up een Sandbank torüch, de bi Hochwoater een Eiland wee. Nu weet he, dat hüm dor nix passeern kunnt har - oaber domoals wee dat de Höäl för hüm – de hunnerd Veerkantmeter Sandhümpel in d' mirden van dat kabbelich Noordseewoater.

Ov de Radtuuren mit sien grooten Broer - füfftich Kilometers un mehr an een Stükk.

Nich up d' Soadel ov up d' Drachholler - nä, vöörn up de Staang muß he sitten.. Un dat oahn füfftein to moaken - nichmoal strullern drüss he. Strullern mooten wur hüm as Schwakkheit utlächt - un Schwakkheit, de kunn man so een lütt Minschke doch woll utdrieven. He hett bit in de Schooltied dorünner läden - he much laang Joahren nich froagen, wenner he moal ut d' Büks muß. Dat hett een heelen Sett düürt, bit he dor achter koamen is, dat dat niks schenierlichs is.

Mit dartein - sien Schooltied wee all hoast to Ennen - hevvt sien beid Broers hüm noch moal tosoamen vöörnoamen.

See hevvt hüm sien moi Hoar ovschnääden - de Kopp mit Schermaschin glattschoaren. See wullen de Jung ertrekken - hevvt see sächt. In Düütschland wee jüüst de Elvis Presley Tied anlopen. Well denken kann, de weet wat he in d' School mitmoakt hett.

Wenn dat mit de School moal up Tuur gung - he wee
nie nich dorbi. Keen Doalers - heet dat denn jümmers
van de Broers. Dat Moder keen Geld har, dat wuß he
wiers - oaber e wee he doch to geern - wenn d' ok
blods eenmoal wäst wee.

Dat kunnen de Broers oaber nich toloaten - denn har he
joa spört, dat he dortohör. Sien Konfirmaatschon moot
he an denken. So een Dach schall för junge Minschen
joa wat besünners wääsen - sien Konfirmatschon wee
wat besünners - sien öllsten Broer hett dorför sörcht,
dat he to loat in de Kaark keem. De Sideldörn ween to -
füfftein Minüten wee de Gottsdeenst all togaang. Wat
bleev hüm? Dör de groode Dör - un veertich Meter an
aal de Minschen vöörbi. Dusend Oogen hevvt hüm
visiteert - dusend Oogen säen: Kiek, de kummt to sien
eegen Konfirmatschon to loat - woneem mach he woll
noch to loat koamen. Dat wee moi. Schweetnatt seet he
in d' Kaark - in Schneemärtmoant. De Paster - sien
Paster - hett dat aal wäär utbügelt. He hett hüm as de
Beste van de heele Joahrgang rutstäelt. Dat wee so een
bietji Ölich up sien upgewööldet Seelenwoater. Noa de
Kaark mit Moder to Foot in Schietwäär noa Huus - tein
Kilometers.

Fierdachstüch ut - Aarbeidstüch an - nix mit een bäten
Festlichkeit - de Hööner mussen Woater hemmen, dat
dat in sien Broers Büdel pingeln de.

He hett jümmers doarcht, in sien Lääven is een büld
dörnanner - dat is gannich - dat is in sien Kinnertied
blods so kruus strikkt worden - un wenn man liek
henkikkt, sücht man , dat dat aal up Muster licht. Wenn
jo in d' Lääven moal wat dörnanner vöörkummt - kiekt
tweemoal hen - bevöör ji wat verkeerdes särgen.

116

Latiensch up Jägeroart . . .

In dat groode Lazarett bi us up de Noaberschkupp sücht
dat man gannich so heel good ut – mit dat
bestoanblieven. Dör de wiede Deelen weihen
mennichmoal mehr Dokterkiddels as Patschenten in de
Beärden lirgen. Dor helpt ok nix, dat de büpperste Boas
dat „Entree" as man dat nöömt, noch groodoardich för
Milljonen utboot hett – bevöör he mit Kattuun utneit is.
Anners is dat up de Statschon, wor de „Sportler" hör
Buulen un Brööäken utkureern – dor is de Pinunsenloop
van de Versääkerungs noch netso krägel, as de witte
Riin achter d' Boddensee. Un so geit dat dor ok ov un
to tokeer. Penningschoat un Bikkbeerknobeln is dorbi
noch dat leechste. Jedeneen van de Mannslüü, de up
disse Elitestatschon wäär tosoamenschoostert worden,
will denn joa ok up de gediegenste Oart to Malöör
koamen wääsen. Dat is man sien „Reputatschon" as
Sportler joa schüllich. In de Koamer dreehunnerd-
dreeuntachentich leegen een poar besünner Utgoa-ven
van Vöörwiesmannsbiller.
De een har sükk bi d' Langtied Nööäspuulen de Duumen
veermoal broaken – een annern bi d' Froolüünoafleuten
sien Miniskus uthoakt. Jan Spüttermann kunn nu wat
heel besünners vöör-wiesen – söbenundartich Brööäken
harn de Dokters bi hum wäär tosoamenkliistert. Wo he
dat denn kloarkräägen har – wull de
Nööäspuulweltmester van Jan weeten. Jan Spüttermann
wee up Groodwildjacht wäst – in de Karpaten. Een
Boar wull he mit Gewalt scheeten. Dorför har he bi de
Reisveranstalter een Hopen Pinunsen henblöädert. Noa
doagenlang Safareern in de Wildnis sücht he de eerste

117

Hööl - oaber de Boar in disse Hööl wee hüm rein to lütt
– de har noch gannich recht Hoar up d' Böst. De
tweede Hööl, de he funnen hett, de wee all wat grötter –
oaber dor keem een Moderdeert mit twee Jungen rut.
De wull he nu ok nich dodscheeten – wenn man een
düütschen Jachtschien hett, weet man joa wat sükk
gehört. Oaber de daarde Hööl – dat wee een
gewaltstrumm van Lokk – de Boar de dor sien Karteer
har – de muß dran glööven. He töövt de heele Dach
vöör dat Lokk in de Barch, dat dor wat kummt – un as
he anlächt hett, un jüüst scheeten will – wiel he hört
hett dat dor wat kummt– dor kummt de Orientexpress.

Lifting Anno söäbenunveertich . . .

Kleedoasch wee knapp in disse Tied - so as Äten un
Drinken ok. Een schmachtigen Pans kunn's nich glieks
sehn - een tweiräten Büx woll. Moder wee mit
Neimaschien verwussen, so geev dat bi us eelich nich,
dat wi mit kladderich Tüüchs rümleepen. Oabers wo
heet dat all sied ole Tieden? Oahn Utnoahm weet man
nich wat normoal is!
Een van mien Süsters - een fixe Deern, wenn man us
Noabersfroolüü so hör. Wenn dat näämich um Hülp
gung - bi annern in d' Huushollen - denn heet dat
jümmers: Stüür mi man de Deern her. Man - blods in
Huus har de Foon nie Lüst wat to doon. Bi annern
glänzen un gliemen, un in d' eegen Huus nich sehn wat
ünnern ov boaben is. Bit vandoach is dat so blääven.

118

Disse mien Süster - de dee, wenn hör Strümpen an d'
Hakken Lokken harn, de **Stää mit Niks** eenfach noa
ünnern luken. Wat vöörn to veel wee, keem dübbelt
ünner d' Foot. Boaben wee jedermoal mehr Been to
sehn, un ünnern worden de Schoo to eng. Figelinsch as
see wee - een langern Rokk un grötter Schoo antrukken
- un denn hulp sükk dat eers wäär een Settji. Moder hett
wiers versöcht, hör dat uttodrieven - henkrägen hett see
dat nie nich. Wenn ikk vandoach Froolüü seech, dee
een Kosmetikschooster mit Mest un Strekkbrett wäär
up d' liek Padd brocht hett - denk ikk mennichmoal luut
- in Ossfreesland is dat nix nees.

Luntjien . . .

Füür hett us as Kinner to jeder Tied begeistert. Jeden
van us kreech woll elker Dach tominnst eenmoal to
hörn: Messer, Gabel, Schere, Licht dürfen kleine
Kinder nicht!
Goabel un Scheer kunnen wi Jungs oahn to - oaber
Mesten un Rietzstikken trukken us magisch an. Well
een Taschenmest in d' Büx har, wee all een lütten
Grooten - un denn noch Luntjiholten „tofällich"
irgendwons funnen - denn weest du de Boas.
Tominnst een Tied lang.
Der Besitz von Streichhölzern ist mit der Todes-strafe
belegt - nä, nä - so hart wee dat nu nich. Oaber een
düchdigen Loach Hau stunn dor doch drup. Dorbi
wullen wi keen Hüüs in Brand setten - wi wullen
blossich een bäten luntjien.

119

De Schlootskanten stunnen Winterdachs vull mit
drööge Reiten. Een Rietzstikk ranhollen - juchhei, wat
flooch dat Füür doröverhen. Liekers wor wi dat
Vergnögen ok noagungen - stilkens wee een dor, de dat
seech.

Un jümmers wee dat de sülvige Buur. So richtich
höögen kunnen wi us över dat Spill man heel selten.
Sobold as dat een bäten knister un knaster mussen wi
ok all utneien.

De Buur up sien oled Doamenrad achter us to. He wee
netso breed as hoch - een Meter säßtich noa dree
Kanten.

Bi d' Verfolgung hett he us nie nich krägen - oaber an d'
Brett mussen wi jedetmoal. Wenn he bi us in d' Stroat
inbooch, seegen wi joa all van wieden de Gefoahr
uptrekken. Denn wee van us nichmoal mehr een
Büxpiep to sehn. Un oahn us kunn he us Ollen joa nich
beliekteeken, well dat nu doan har.

Dat Spekkfatt harn wi dordör oaber noch nich erreicht -
de anner Vöörmiddach stunn us Buur as so een
Eekenpoahl vöör de Schoolhuusdör.

Eenichkeit wur in sowat bi us Kinner oaber heel groot
schrääven - wi ween aal so unschüllich as witte Engels.
Glövt hett us dat nümms, un de Buur wur up us jümmer
vergrellter. Andoan hett he sükk sülvst dat meeste
dormit. Wi kunnen joa heel schlecht vergääten. In d'
Sömmerdach - wenn he sien sööte Freud har, mit sien
Kieker an d' Diek Verleefde bi hör Doon to
beschnüstern, hevvt wi hüm dat jedetmoal gründlich
versollten. To Entspannung tüschen de Parteien hett dat
wiers ok nich bidroagen. In us lütji Welt wee dat

120

domoals all netso, as dat vandoach in de groode Welt togeit.

Man kann d' ok överdrieven . . .

Wi seeten bi us Frünndin achter d' Huus – moi in d' Süen. Wi bekeeken us dat Waark, wat wi sied middach up d' Been'n stäelt harn. Richtich blied kauelden wi över dit un dat. Nä, nä – nich över anner Lüü hertrekken – dat doon wi nich. Dor schrieven wi hoast över. Na ja – so'n bietji moot ikk dat dat doch ähm in de Richt setten – över Politikers trekken wi denn doch woll moal her – oaber de kanns joa ok anners nich to foaten kriigen. De sünd joa meest so flink – wenn see de Märs, de see in de Kauelbuden van Parlamenten tosoamenschnakken, över de Minschen in d' Land verdeelt hevvt, sünd see ok allwäär wäch. Ikk denk mi, dat kummt wiel see de Märsröäk foaken sülvst nich vullhollen köänt. Un dat is nich överdrääven! Oaber dat blods so mit an d' Kant. Nä – ditmoal gung dat över aal wat anners. Rosen un Rüüken wee to'n Bispill een grodet Themoa – wiel – us Frünndin un hör Jung sünd sowat van Rosenfachlüü – wenn us Politikers blossich half so good in hör Boantje ween – wi bruksen us keen Sörgen nich to moaken – ni nich. Eerlich! Nu bün ikk allwäär bi de gröttsten Egoisten ünner de Minschheit laand – dat wull ikk doch gannich – oaber överdrääven is ok dat nich. In d' Lücht hung tomoal so een bäten grummeln – as wenn dat anfangen wull to trillern un blixen. Oh Gott - sächt us Frünndin – ikk hevv mi up d'

Böän een iistern Staang anboon loaten, an de ikk mi
uphaang, wenn ikk mien Krüüz ut Litt hevv – köänt de
Blitzen dor woll inschloan? He wat - sächt hör Jung
dorup – du mutts ok nich överdrieven - denn dröffst du
Omas blikkern Ünnerbüksen ok nich mehr dor boaben
to'n dröögen uphangen. Ji mooten weeten – Oma hett
näämich jümmers noch Angst, dat hör een Keerl moal
an d' Liev geit. Un dor steit see ok to – anners as so
mennicheen Politiker, de vandoach nich mehr weeten
will, wat he güstern sächt hett.
Liekers – dör de vöäl Schnakkeree wee us Halsgatt
sowat van drööch worden – us Worden fungen all an to
stuuven. Dat wur nödich Tied för een Köpke Tee. To
Henning, sächt us Frünndin – goa man ähm hen, un sett
Tee an. Dat do ikk geern antert he – du mutts mi blods
särgen wovöäl Teebloaden k in de groode Teepott doon
moot. Oan grood noatodenken – un oahn van hör
Puleree uptokiiken anterd see hüm: dree Stükk. Dree
Teebloaden up een Teepott – ok wenn man nich so'n
starken Tee verknusen kann – dor moot ikk denn doch
särgen – man kann d' ok överdrieven.

Man sinnich . . .

Harm schmeet üm half särß de Döör achter sükk to -
fiefmoal wee de Wieser van d' Klokk blods in d' Runn'n
lopen, sieddem he Fieroabend moakt har. De Gnadder
van güstern seet hüm noch hoch in d' Hals. In de
Bööker in d' Kantor van Schmitt Schmitt sien Jung
ween de Inspektorn een poar Lökker upfalln. Sien Boas

de har hüm dorto verdönnert, de vöör Dach un Dau to tokliestern. Üm nägen wullen de Schnüüsterer van d' Stüramt vermörgens wäär in de Döör stoahn. Tini har dor nich so recht wat van mitkrägen - güstern Oabend leech see all in d' Nüst, as Harm noa Huus koamen wee - un so up Tieds stunn see joa mörgens ok nich up - van wägen dat düüre Lucht. Hör Fründin Metoa har üm aacht dörpingelt. See wee moal wäär in d' Land. Sied vörvörmiddach seeten see all an Teedrinken. Dree Taasen is Oostfreesenrecht - un wiel see sükk tein Joahr nich koamen kunnen, ween dat denn eenmoal dree - tweemoal dree - dreemoal dree - veermoal dree. So leep dat wiider bit Hein van sien stuur Waark noa Huus henkeem - un denn wee dat noch laang nich doan. Dat geev joa ok soveel to schnöätern - de Barch van de tein Joahr wee üm fief man eers half ovdroagen. Hein har sien dree Köpke Tee drunken - un wiel Stükkentied wee har Tini hüm een Rundum Schwaartbrot mit een Remmel Mettwurst dorbisett'd. Sied dree Stünn'n seet he nu all in d' Sörch un kukoluur in sükk rin - sien Boas har hüm noa d' Middach een poar fründnelke Woorden tokoamen loaten, wiel he dat Kruuse in de Bööker nich aal utplätten kunnt har. Dor gnauel he nu up rüm. Van Natur ut wee Harm een Ruhigen. Well figelinsch wee, de sää ok woll he wee een Dröögen. He pakk eers aal tohoop bevöör he antern de - un dat düür denn schmoals. Foaken harn see in d' Krooch in de Tied all een Buddel Genever güüst moakt. Tini un Metoa greepen jüüst noa d' söbenuntwintichste Köpke Tee - as Harm tomoal losbölk: „Schmitt Schmitt sien Jung kann mi an d' Mors kleien mit aal sien Bedreegeree - wat geit mi dat an!“ As de beid Froonslüü sükk van hör Verjoageree verhoalt harn, gluum Metoa Tini mit glubsche Oogen an, as wenn see een Hoagelbössel sehn har. Süch Metoa - dat hevv ikk meent sää Tini - Harm is sowat van schlachfertich - oaber jümmers eers veer Stünnens loater.

Marten . . .

Verdekselt nochmoal - wo laang schull dat denn noch so goahn. Sied dree Stünn'n wullen see eelich all in d' Hoaben weesen. Nu krüzden see jümmers noch hier buten up dat upgewöölte schwaarte Woater van de Noordsee rüm. Blossich wiel de Oal meen, noch een van Meent Eilts sien Lüü to finnen.
Man kunn de Hannen vöör Oogen nich sehn. De Bulgen neiden över d' Vöörschipp wäch, as wenn dat gannich mehr dor wee.
Dat Gasöl kunn ok nich mehr ewich riiken - un överhaupts wee he nu veel leever bi sien Lene in d' Huus. De Oal kunn he dat natürlich nich särgen - de wüür hüm an beid Kanten wat an d' Brägen haun, dat hüm Hörn un Sehn vergung.
Güstern Oabend sünd see mit ovlopend Woater rutfoahren. Dat Wäär wee as in een Billerbook wääsen.
See wullen up Seetung andoal - de Bestand wee so good as siet Joahren nich mehr. Veer Kutters sünd denn utlopen.
Hein Cassens har sien beid Schkeepen nich van d' Lien loaten. Bestich Wäär schull dat blieven - oabers he tro de Broaden nich. Na joa - an d' Schlüüs wuur all jümmers sächt, he har wat mit de Spökenkiekeree. Wiel

124

- sien Groodmoder de har een Zigeuner in d' Dörp bi
een Maidje as Andenken trüchloaten. Man weet joa ni
nich, wat Zigeunerblood aal so in sükk hett. Ok wenn
d' all laang her is.

Püüt Meyer har blossich sächt: Wenn he wat up de
goode Fang schieten wull - see kunnen dat nich.

Un denn harn see de Lien'n losmoakt.

Eenmoal sünd de Netten all inhoalt worden - dor wee
good wat in.

Klokk elben tööv de näächste Hoal - de Oal har hüm
jüüst losstüürt de Winsch antoschmieten, üm dat dat
Tüüchs an Boord keem.

Dat wee van Oabendsünnenblenkern bit noa Inkpott-
schwaart keen dree Minüten wäst. As he wär to Ver-
stand kummt, sücht he de Winsch sükk dösich dreien.
De Lien to de Netten is wäch.

De Störm is van boaben up dat Woater fullen - man har
in de heele Runnen nich een Wulk sehn kunnt. Sowiet
see d' ovkieken kunnen, har hör Schkipp dat eeniger-
moaten good överstoahn. Nu oaber man blossich niks
anners as noa Huus andoal.

Weert Joacobs har funkt, dat sien Geschirr to'n Düwel
wee - bi Siebo Hemken dat sülvige Malör. Wat wee mit
Meent Eilts sien Schkipp? Van dor keem nix röver.

Stoadich gung dat Teeken rut - nümms anter. See wul-
len doch noa Huus andoal - aal veer. Fief Stünnens
krüüzen see nu all hen un her.

Balkendüster üm mhör to - een Stiem, dat man sükk
hoast nich hollen kann, un natt as een Katt. He kummt
sükk vöör as wenn hüm een in d' Waschballi stoppt har.
Noa See tofoahren dat har he sükk ok een bäten anners
vöörsteält - as he verleeden Joahr bi Püüt Meyer an-

hüürt hett. De Biller van d' romantisch Seefoahrt - de hett he glieks in de Anfangstied över Bord schmäten. Man - disse Nacht - de hett he sükk ni nich dröömen loaten. Oal Püüt Meyer schien dat aal nix uttomoaken. He stunn as son Eekenpoahl an d' Rüür. De Hannen fast üm de Speeken - he rööch sükk nich een Millimeter. Alleen sien Oogen de weesen woak as een Hoabenlucht. De gungen so schkaarp hen un her, as wenn see de düster Nacht tweischnieden wullen. Komisch - he much an leevsten över Bord neien - so gröön un schedderich is hüm dat in Kopp un Pans. Oaber he kann d' aal so genau bekieken, as wenn he in d' Kinosoal sitt - un een Billerstriepen an hüm vöörbilöpt. De Stimmung up de dree Kutters geit sinnich dorhen, dat see d' togääven mooten un up d' Siel toholln.

De Hoaben anlopen - oahn Meent Eilts sien Schkipp???? Wat is mit hüm los? De heele Nacht hett he sükk noa Huus hendröömt - un nu paast hüm dat nich, dat de annern dat togääven wöält. Un nu mach he tomoal ok de Oal dat särgen - dat see d' noch nich togäven dröfft.

De Oal sächt nix - he dreit nichmoal de Nakk. Gript blossich noa ünnern in de Klapp - hett een Schlukkbuddel in d' Fuust - trekkt mit de Tannen de Körken - un hollt hüm de Buddel hen! Hüm - de man eers een Joahr dorbi is - un de see hüm jümmers so een bäten as week ankääken hevvt. He laangt hen un trekkt an de Buddel - as gleunich Füür löpt dat sien Halsgatt andoal. Oan een Word näämt Püüt Meyer hüm de Buddel ov un lukkt sülvst eenmoal düchdich. In disse Momang geit Marten up, dat Vöörstellung un Wüggel-

keit twee Welten sünd - un he jüstemang in de Wüggel-
keit ankoamen is.

De leev Gott wull in disse Oogenblikk woll noch een
Struuß Blöömen dorbi doon.

Püüt Meyer hett de Schlukkbuddel noch gannich ovsett,
as liek vöörut een füürrodet Lucht ut de Wulken
drüppelt. Dat sünd de beid Mannslüü un de Hund van
Meent Eilts sien Kutter. Dat wee man blossich noch dat
Biboot van de stollte Silbermöv - man, see harn noch
Planken ünner de Fööt. So kunn de schwaarte Foahn
denn ünnern in d' Bakkskist blieven, as see in d'
Hoaben inlopen. Dor fääl woll een Schkipp - man doch
keen Seel.

Un Martens Haart wee van disse Nacht bit in alle
Tieden an de Seefoahrt fastmoakt.

Martinsäten ...

Ikk säch eersmoal Moin mitnanner –
hier in Jakobus Eden sien beste Stuuv. Mi hööcht dat
natürlich – ikk as Oostfrees in d' Jewerland – un denn
ok noch in d' Schlöttkoffi. Up de Inloadung stunn
liekers: „Restaurant un Kaffee am Schloß".

In mien binnerwendich Adressbook kunn ikk dat nich
finnen – oaber noa dree Stünnens dör d' Staddje
krüdeln hevv ikk denn endlich een Minschke dör de
Stroaten lopen sehn – un de kunn mi doch verrafftich
särgen, dat dat dat ole Schlöttkaffee is. Eerlich – so'n
bietji har ikk bi mi dat Denken, de Jeweroaners sünd aal
in Winachsurlaub – un hevvt de Hüüs allennich trüch-

loaten. Anstüürt hevv ikk Jewer van de Süüderkant –
tüschen twee Eierkreiseln muß ikk eersmoal stillhollen
un noa buten kieken – mien Patzmann de har näämich
Bedenken – he meen doch wüggelk, ikk har mi
verfoahren – un dat wi in Upjewer up Fliechveld to
rieten weesen – vanwäägen de Landeboahnluchten an
beid Kanten – oaber ikk kunn hüm beruhigen – he
schull blods moal an Paris denken – an de Schangs
Eelisees ov so äänlich – so een Bullewar harn wi tofoat.

Dat is woll so een Oart Geschichtsbedenken, wiel Jewer
joa ok moal van de Franzosen regeert worden is.
Överhaupts – de Eierkreiseln – de Jeweroaners doon
wenichstens wat för hör Kinner – wat köänt de an
Ostern dor moi Eiertrüllern.
Säkerheit – Säkerheit, de word hier in d' Staddje ok
woll heel grood schrääven – dat is mi düdelk upfallen.
Bi mien Söken dör de Stroaten stunn ikk tomoal an d'
Diek. Jomann – hevv ikk dorcht – wat schall dat denn –
oaber denn schoot mi in – an de Diekskant in d'
Wangerland köänt see sükk joa nich so recht eenich
worden, wor de Klei för dat Diek hoogermoaken
herkoamen schall – un dat Jewer nich van dat näächste
Hochwoater överrascht word, boot see furs hör eegen
Dieken.
Wenn ikk verkeert denk, dröfft ji mi dat ruhich särgen.
Een Brüech över d' Deep kricht Jewer nu ok joa bold –
eine Brücke ins Niemandsland – hevv ikk dorcht – dat
is wiers oaber nich so – wenn de näämich kloar is, denn
brukt de een ov anner ut Jewer nich mehr noa Oost-
preußen to joagen – up de anner Kant van d'

Hooksdeep is denn Bott genooch – man moot denn blods noch een poar groode Deerten dor utsetten.

Jewers Huuseegendöömer köänt nu joa ok blied wääsen, wenner de lüütji Kooplüü hör Hannelee togääven – dat fördert de Künsten – hevv ikk spitzkräägen – Jewer is nu säker bold dat Staddje mit de langste Galerie in Düütschland. Dat moot man sükk wüggelk ankiiken – dat is rein wat seltens.

Een besünners hoogen Weert hett dat Bild, wat man sücht, wenn man bi de Wüppgalgen steit – un över de Graft in d' Johann Oahlers Huus rinkikt – „zeitgenössische Kunst" is dat – hett mi een sächt. Dor hukelt alltieds een Keerl vöör so'n Hülpsbrägen – man sücht blossich sien breedet Krüüz.

Un denn noch wat, wat mi richtich Freud in d' Haart sett hett – de Planteree an de neeä Bullewar drocht wiers furss dorto bi, Minschen in Aarbeid to kriegen – so een heelen Riech Hannen, de sükk wäär röögen köänt, üm dat aal rein to hollen – dat is doch ok wat mois.

In mien Terminkalenner hevv ikk mi dat näächste Wääkenennen rod ankrüüzt – denn koam ikkk wäär noa Jewer - un weeten ji woarüm? In jedet Geschäft hett man mi een Tuut in d' Füüsten drükkt – vöör de Centen doarin hevv ikk Kliister köfft – un mit de Tuuten us Gastenkoamer tapezeert – Visit kriicht wi nu wiers nich mehr. Behangsel för een Müür fäält mi blods noch - kiek - un doarüm koam ikk näächsten Soaterdach wäär noa Jewer – denn - Jewer lokkt steit up de Tuten – blossich mit wat – dor bün ikk noch nich so recht achterkoamen.

129

Mien ole Frünnd Hannes ...

Ikk muß moal wäär mien ole Schoolfrünnd Hannes besööken. Wi harn een tiedlang in de lüütjji Dörpschool tägenanner in een Bankje hukelt, un us ni heel ut de Oogen verloren. All as Jung wee Hannes jümmer een bietji wehleidich veranloacht. Wenn he sükk moal een lüütji Buul stött har, denn mussen de eers hunnerd Lüü bekieken, bevöör he uphull dorvan to schnakken. Dat har sükk denn in d' Oller gääven, as man joa woll so sächt – nää, dat har sükk bi hüm nich gääven – dat har sükk bi Hannes rejell to een „Tostand" utwussen. He kunn bold van niks anners vertellen, as van siene „Gebrechen". Wee de eene Süük jüüst wäch, denn har he allwär wat nees, wat hüm fääl. Dat he denn, all as jungen Keerl, een grooden Barch Doalers arft hett, keem hüm goaelk to pass. He kunn siene Leiden so richtich utlääven. Oaber liekers - he wee joa mien ole Schoolfrünnd Hannes, mit de ikk in de Kinnertied so mennich wat utfrääten har.
He hööch sükk düchdich, as ikk bi hüm vöör de Döör stunn, wee dat doch plietsch een Gelägenheit för hüm, aal sien Krankheiten wäär hochlääven to loaten. He vertell mi denn ok glieks, dat see nu sied een poar Joahr joa een Dokter in d' Dörp harn – un wu goaelk dat wee, de keem sogoar tweemoal in d' Wääk bi hüm in d' Huus. Hannes har dat jüüst sächt, pingel dat ok all an de Döör. De Dokter stunn dorvör. Dat geev tüschen de beiden so een haartlich Begrööten – man kunn richtich spöären – dat wee een Frünndschkupp. Twee Wöär tüschen de Dokter un mi hen un her – un denn vertrukken de beiden sükk in de Koamer, wiel he Hannes

joa ähm up d' Liev kieken wull. Ikk kunn nu woll nich sehn, wat dor ovgung in de Koamer – oaber hörn kunn ikk d' aal, wiel de beiden joa nich jüüst sinnich mitnanner prooten. Un wat sächt de Dokter noa een Tied? – Minsch Hannes, wat is dat een Freud. Eenmoal bruuk ikk di blods noch to behanneln .... Bit ikk Hannes denn wäär hör, dat duur een Tied ... wuso, eenmoal blods noch to behanneln – bün ikk denn wäär heel up Stükken? De Dokter laach richtich luut un kroad – nä, nä - Hannes, dat woll nich – oaber eenmoal moot ikk di blods noch behanneln – denn häst du heel allennich mien Huus ovbetoalt.

Mien Visit in d' Plattdüütskbüro ...

Bi mien Visit in d' Plattdüütskbüro van de Ossfreeske Landschkupp in Auerk hevv ikk dat Bedrüüs üm us Modersproak eenmoal mehr binnerwendich so düdelk spöärt, as een Gewitterschuur up de Huut an een fröstigen Haarstdach. Överhaupts – Plattdüütskbüro! Bi dit Wordgemengsel sünd mi de Oogen fuchtich worden – Plattdüütschkantor har ikk verwacht. Mi wuur verkloart, Plattdüütsch muß wat fasted worden – de Plattdüütschen in de heele Welt mussen eens Doachs up de glieker Oart schnakken un schrieven. Anners kunn dat mit dat Bemööten üm us Modersproak nich lopen. Un sowat kreech ikk an een Stää un van Minschen to weeten, de van Amtswägen dormit betroot sünd, us Modersproak hochtohollen. Mi wuur denn glieks in d' Liev stoaken, ikk wüür us Modersproak ok nich as vull ankieken – wiel – mien Schrievoart kunn joa man blossich för mien „Dialekt" rechtens wääsen. Nu hevv ikk dat begräpen – bi mi düürt dat meist een bietji langer, dat begriepen – us Plattdüütsch is eers denn een vullwertigen Soak, wenner dat mit us Modersproak nix mehr to kriegen hett. Hett man dor de Vöörgoaven van boaben nich recht verstoahn – dat heet, eenfak in d' verkeerde Halslokk kräägen – ov sitt dor wat anners achter? Well wüggelk glöövt, Plattdüütsch de glieker stiewe Büx antrekken to mooten as dat Hochdüütsche, sitt up een Peerd oahn Beenen. Plattdüütsch un Hoch-düütsch kann man nich in een Diessel spannen – nu nich un nich in hunnerd Joahr. Loat dat Peerd Hoch-düütsch de Frachtwoagen luken, un us Plattdüütsch oahn Geschirr tägen de Woagen mitlopen. Ji schöält sehn – so föölt sükk us Modersproak een büld woller. Mi kummt dat as Stiekelwier hoch, wenn ikk seech wat dor vöör Pinunsen verschludert warden, üm dat heele Waark in een Korsoasch to stuken. Loat us Moder-sproak de frischke Wind üm de Worden weihen – as üm jung Maidjibösten in een heeten Sömmerdach up de Eilands. Denn moakt dat ümgoahn mitnanner Spoaß. Mi schmitt dat jümmers son lichten Schkaa över d' Seel, wenn ikk seech, wor licht de Minschen dat vergääten.

Noch ein Zitat aus dem Buch „Snack mol wedder Platt" von Hein Timm (Jahrgang 1908) :

„Auch bei der Schreibweise gibt es verschiedene Möglichkeiten. So kann man einiges, was man mit einem >a< schreibt auch >o< schreiben, man kann auch zwischen >a< oder >aa<, zwischen >o< oder >oo<, zwischen >f< oder >ff< usw. wählen. Wie man es letztendlich schreibt, mag willkürlich sein, nur falsch ist es nicht."

Mimi . . .

As wi so Sönndachsoabend noa Pfalzdörp ünner-wäägens weesen, wussen wi noch nich, dat wi een poar Doach loater een mehr in d' Famili harn. Wi - dat wee mien Hüürmann un ikk - un uns Famili, dat weesen füfftein Schkoap, tein Katten, een Hund un twee Ponys. An de twee Ponys harn wi keen Eegendom. Oaber see ween bi uns in Plääch un hörn ok to d' Famili. So as dat in een örnlichen Hushollen goaelk is, har jedet Mitglied sien Noam, un hör dor ok up. Ach joa - Fischen harn wi ok noch. Een poar hunnerd van alle Sorten. De harn wi van överall herkrägen. In de Graft wimmel dat dorvan. De harn 'türlich nich aal Noams - dat hevvt wi denn doch nich togaang krägen. Bi Vedder Fidi in Pfalzdörp wee schlachten ansächt. Vedder Fidi de tücht Birgen. Dor sünd denn ok jümmers een poar Schwien to fettfuttern bi. För de eegen Hushollen. Noa een poar Beer un Köhm un een büld Schnakkeree keem denn rut, dat wi een Schwien hemmen mussen. To schlachten - för Spekk un Wurst. Ikk hevv een moi Schwien för jo in d' Hukk, säe Vedder Fidi. Moi häntich - brengt all good hunnerdtachentich Pund up de Wacht. Dat köänt ji man hoast so an de Ledder hangen. Wiel ikk joa sien Vedder bün - Pund een Mark, un dat Schwien wee

annern Oabend bi uns in d' Huck. Sowat geev dat bi us
- wi woanden näämich to de Tied up een Buurnhoff,
wat keen Buurnhoff mehr wee. In de groote Schüür
ween achtern in d' Peerstall twee gewaltige Schwien-
hucken. Fröher sünd dor woll Stück ov veer Schwien in
jeder Huck wääsen. In de een Huck kreech Mathilde -
wat uns Schkoapmoder wee - in d' Föhrjoahr hör Kin-
ner. In de anner Huck keem dat Schwien. Van de Mo-
mang, as dat Deert van de Veewoagen rünner wee, wee
dat keen Schwien mehr. Dor wee dat uns Mimi.
Upnoamen in d' Famili. In de groode Hukk kunn man
Mimi mit hör hunnerdtachentich Pund gannich wär-
finnen. Man kunn oaber glieks sehn, dat see sükk
wollföhlen de. Se har een moien hollten Soller, in d'
Hörn een Hopen Stroh, een Block full Fräten un Supen
- wat wull see mehr.Dat see bi uns nich an d' Ledder
keem, dat hett see woll spöört. Denn een, de to de
Famili gehört, de geit man doch nich an de Kroach. Up
jederfall wee see van Potten un Pannen noch een heel
Ennen wäch.Van Dach to Dach schloot see uns mehr in
hör groodet Hart. See wuß genau wenner ikk noa Huus
henkeem. Buten up d' Hoff leep mi Susi to mööt - Susi,
dat wee uns lütji schwaarte Hund - un binnen in d'
Peerstall fung Mimi an to gielen. See hull ok nich eder
up, bit dat de Emmer up d' Schottskant stunn. In de
Emmer wee aal dat in, wor see verrückt noa wee. Van
ünnerwägens, van de Kooplüü, broch ikk dat mit, wat
nich mehr verköfft worden kunn. Aalns wat so an
Gemüs överbleev. Lüttschnäden, un mit Gastenmähl
vermenguleert wee dat so richtich noa hör mööäch. As
Noadisch keem in hör Blokk Quetschhoaver mit suur
Melk un Früchten. Well nu denkt, dat dat dormit good

134

wee, de hett sükk ganz düchtich schnääden. Bevör ikk
hör nich tein Minüten mit de Kannenbössel begoahn
har, wee see nich tofräe. Mimi de gewaltich greuen.
Een half Joahr loater keek see all mit Schnuut över d'
Schott, un nu wee de Hukk ok gannich mehr so groot.
Hör Läven har sükk so richtich to een Ritual entwickelt.
Eens goden Doags har see de Boach rut. Ikk wull jüst
anfangen de Märs ut dat Huck to schmieten, wee ikk ok
all wär buten. Wat wee passeert? Mimi wee van achtern
mit hör laang Schnuut tüschen mien Beenen dörgoahn,
un har mi mit Kattun över dat Schott schmäten. Nu muß
ikk hör joa anners kriegen. Van Stünds an kreech see d'
Woaterschlauch in d' Schnuut - dat Woater wee heel
sinnich an lopen - un ikk kunn dat Hukk rein moaken.
Dree Joahr hevvt wi noch mitnanner tobrocht. Mimi
wee mit Krüüz so hoch as de Schwienhukksmüür.
Trennen mussen wi us, as uns Eegendömersch dod
blääven wee, un Huus un Land verköfft worden is.
Mimi för us to schlachten dat hevvt wi nich över d'
Haart brocht. Uns Noaber hett Mimi kräägen - för de
säßtich Doalers, de ikk för hör bi Vedder Fidi utdoahn
har. As wi uttrucken sünd is Mimi schlacht worden.
Fiefhunnerdfiefunveertich Pund hungen utschlacht an d'
Ledder. Bestk Fleesch - wat joa ok keen Wunner wee.
As dat denn sowiet wee, is mi doch een Stück
Hartblood dör de Oogen lopen. Ikk muß moal wär an
mien Opa denken, de immer sächt hett: Wullt du een
Deert hollen, dat ji wat to äten up de Disch hevvt, denn
dröffst du hüm keen Noam gääven.

Minschen . . .

Sied Adam un Evoas Tieden hett de leev Gott dat Min-
schenmoaken de Minschen överloaten. Ov he de beiden
komodich wiest hett wo dat geit, dröfft jedeneen
betwiefeln – denn Oal Uloan – wat mien Moders
Voader west is – de sää all jümmers: Minschen moaken
Minschen – oaber see sünd dor ok noa! Up jederfall
doon de Minschen siet hör Tied in d' Paradeis dat mit
veel Pleesäär. Na ja – wat wullt as Mannsbild ok an-
ners moaken, wenn dien lütten Spüttermann moal wäär
een rodklöärigen Kopp hett. Kanns hüm liekers joa nich
stoadich blods strullern loaten – stüürst hüm up Visit bi
dien Noabersch – ov so. Ikk mach ut mien eegens
Erfoahrung särgen, so een Produktschon – dor köänt
twee Lüü een büld Spoaß bi hemmen. Un as dat so is
mit de Süchten – mennicheen kricht ni nich genooch
dorvan. Soveel nee Minschen, as dor all bi rut koamen
sünd – de kanns mit Fingers van twee Hannen joa hoast
nich mehr tellen. In alle Klöären un in alle Grötten geit
dat joa. Wenn ikk dor över noadenk, seech ikk för mi
jümmers de groode blikkern Toafel an dat Huus an de
Ekk – domoals bi us in d' Stroat – wor in grode
Bookstoavens to lääsen wee: **„Devotionalienhandlung
– reichhaltiges Lager vieler Artikel in allen Größen
und Farben"**. Dor faalt mi in – de Loaden givt dat
vandoach noch – **„Reichhaltiges Lager vieler Artikel
in allen Größen und Farben"** steit jümmers noch up
de blikkern Toafel – blods de Noam för de Kroameree
hett sükk woll dör de Tieden ännert. De Beteekning
‚Devotionalien' hevvt see överfaarft – dor steit nu
„Sexshop". Oaber dat blods so mit an de Kant –

vertellen wull ikk joa heel wat anners. Dat givt Minschen, de köänt sükk nich trüchhollen, wenn een annern wat vertellt – liekers wat de denn sächt, kummt glieks oahn veel to överlärgen dor tägenan: Dat hevv ik ok allmoal beläävt. Een hochdreit Maidji in us Waarkelkring wee so een wiesnöäsigen Vöörscheeter. Dat geev – wenn een wat sää - rein nix, wat hör nich ok allmoal ünnerkoamen wee. Bit eergüstern – dor hett see sükk noa hör flink achteranräärn: „Is mi ok allmoal passeert", düchdich scheneert. Fidi har näämich künnichmoakt, dat he sükk in d' vullbesett Onibus rejell in d' Büks schääten har. De rodklöärige Kopp van dat hochdreide Maidje kunn in disse Momang mit jede rodklöärige Spüttermannskopp van us Mannslüü mithollen.

Mit Verstand bi de Aarbeid . . .

Mit us Weertschkupp sücht dat in de letzde Joahren joa man schroar ut. Liekers givt dat bi us in d' Land jümmers noch mehr Milljonääre as Aarbeidslosen. Up de groode Hümpel Pinunsentosoamenkraaber is us Regeerung man bannich stollt – ovwoll – bi hoast fief Milljonen Minschen oan Aarbeid mussen sükk de Politikers eelich dodschoamen – oaber wat schall dat – wat man nich läärt hett, dat kann man ok nich köänen. Kanns joa nümms düll üm wääsen.
Dat Stempelgeldheer besteit joa nu nich mehr blods ut dat geistich minn Footvolk. Nää – een heel büld

Studeerden gehöörn all dorto. So har dat ok een jungen Dokter droapen, de sükk up de Gynääkoloogii inschoaten har. Van Huus ut seech dat mit Doalers man leech ut bi hum – mit een eegen Ordinatschon inrichten wee nix. Sien Öllern ween nämich blossich lüütji Handwaarkerminschen.

In jedet Krankenhuus, in dat he sükk vöörsteäl, seech dat mau ut. Meesttieds leepen dor mehr Dokters rüm as Patschenten. De Dokters, de denn noch in Dennsten ween, de harn all aal een langen Hals – wiel de Brodkörf so hoch hungen.

Elker Dach frooch he bi d' Aarbeidsamt noa een oapen Stää in sien Boantje – oaber moantenlang wee nix van dat. Sien Pans wee all so leddich – he har de Schnuut vull van d' schmachten. Moandachs mörgens schufft he wäär los noa d' Aarbeidsamt, un frocht de junge schniegelige Fendt, dor achter de Kantordisch, ov he denn keen annern Stää free hett. Dat eenzichs wat ut de Hülpsbräägen rutkummt, is een Stää as Moaler. De hett us Froolüüdokter denn ok furrs annoamen. Wat de Minsch achter de Kantordisch son bääten an de Dokterverstand twiefeln leet. He denkt, de Koart bruks gannich so wiet wächlärgen – de Akemiker is mörgen doch wäär hier. Schietendiedel – anschääten har he sükk mit sien Denken. **Wat** dor oabers noa veertein Doach ansuust kummt is de Moalereeünnernäämer. He will weeten, ov dat noch mehr aarbeidslosen Gynääkoloogen geev – liekers woveel dat ween – he wüür de aal up Stää instellen.

De Dokter, de man hum vermiddelt har, wee as Moaler een Scheenii. Har he hüm doch henstüürt een Trappenhuus to tapezeern. De Kundschaft wee woll nich in Huus wäst – oaber de Dokter har doch verrafftich dat heele Trappenhuus dör de Breefschlitz tapezeert.

Moot dat so wääsen?

Schrieven is nu moal mien Paneer – ji weeten dat wiers jo all. Liekers ov sükk dat üm een Bedrüüs dreit, wor de Minschen sükk vöör Lachen buugen – ok villicht moal bi de een ov anner Froominsch een Drüppje in d' Ünnertüüchs geit – ikk loat mi dries nich van ovbrengen, mit mien Wöär Biller to moalen, wenner dat Gedoo schwaart un hoakelich is – so as nu. Us Mester in d' School hett us moal wat wiest – wi hevvt bi hüm ok een büld anner Kroam läert – he wee een gooden un akroaten Schoolmester – oaber disse een Soak, de paast vandoach in d' Bild. Us Mester har een Kompaß up d' Katheder lirgen – he kunn de drein as he wull – de lüütji Noadel wies jümmers in een Richt. De Erdmagnetismus mook dat – sää he.
So – un nu drüssen wi mit een Stükk Machnetiisen dor buten ümto foaren. Ji, de ji noa d' School goahn sünd, weeten all wat denn passeer. De lüütji Noadel schakker hen und her – see drei sükk as een lööpschen Hund – jümmers mit de Spütz achter dat Stükkji Iisen to. Kiek – un so geit dat up Stünnens us Politikers. See drein sükk stiäl noa dat Scheetiisen, wat de Billy Jenkins Verschnitt dor up de anner Kant van dat groode Westenwoater in sein Füüsten hett, un dormit dör de Lücht weiht. Ikk hevv moal so een bäten üm d' Ekk

luurt – ikk wull doch weeten, woarüm he dat deit. He
sächt in een Tuur, he muß sükk verteidigen – un ikk
moot särgen, dat is woahr! Oabers nich tägen
Angriepers irgendwons buten – so as he us dat
wiesmoaken will – nä – ikk hevv up sien Böän keeken.
Dor licht sovöäl Munition – wenn he de ünnern nich
boald verballern deit, denn brääkt hüm sien eegen Huus
tosoamen. Un so as wi Minschen nu moal sünd –
bevöör sien eegen Huus utnannerflücht, stäekt he leever
gau een anner Huus an. Wenner dat denn düchtich
luntjiet, röpt he de Noabers mit Woateremmers to Hülp.

**Nich blods in de Hüdelbargen is de Welt so'n bäten
verkeert . . .**

Oostfreesland bölk heel luut över d' Land – dat moie
Staddje Auerk reep mi. Ikk har in mien Haartblood-
kuntrei an so mennich Stään wat to beschikken. In de
letzde Tied wee dat mit mien Visiteree rund üm de
Peermarkt nich to wiet her – ikk moot dat ingestoahn.
Mi sülvst spiekt dat am meisten – dat köänt ji mi
glöven. Wenner ikk denn noa Roadio Oostfreesland
krüdel, geit mien Padd meisttieds över Wiesens un
Egels – wiel – Mulkeree un Möälen in Sicht, word in
mi binn'n jümmers wat antikkert. Wat dat is, dat much
ikk nu jüüst nich luut särgen. Ditmoal wee ikk över
Ogenbargen un Plaggenbörch infallen. De eerste
Hollstop wee an d' Oostfreeslandhuus. Ikk har joa to
geern in Sandhörst noch ähm in d' Schlött rinkääken –
wenn ikk säch Schlött, weeten de meesten säker heel

nich wat ikk dormit meenen do. För mi wee in mien Kinnertied dat moie Huus in Sandhörst – an de Ovdrei noa Tannenhuusen - jümmers dat „Schlött".

Mien Läävdach is mi dat nich vergünnt west, dor moal rintoluustern – ikk denk, ikk kriech dat noch kloar, bevöör de Dischler mi de letzt Spiekers günnt. Oaber dat blods so mit an de Kant.

„Ostfrieslandhaus" – in bannich grode Bookstoavens steit dat an de Huusmüür – kiek un dor wull ikk rin.

Döören hett dat Huus ok woll Stükk ov wat – oaber de ween aal so fast to, as de Schlüüsen in de Sielen bi Hochwoater – un dorbi licht Auerk doch een heel Enndji van d' Diekskant wäch. Na joa – villicht is dor een Süük in d' Huus hevv ikk mi dorcht, dat dor nümms rindröfft. Wiider gung de Reis noa een grooden Bedriif. Glieks ünnern in d' „Empfang" schull ikk mien Gesicht wiisen – har man mi up een Plakkzädel schrääven – dit „ünnern" leech denn twintich Stappen hoch - keem mi een bietji sünnerboar vöör – dit hooge „ünnern". Hest dat woll nich richtich mitkräägen – dorch ikk so bi mi.

Van dor ut leep mien Padd denn noa d' Landschkuppshuus hen. Up een heel grooten Wiestoafel kreech ikk gewoahr: Plattdüütsk Büro im Erdgeschoß. Ikk keem mi furss vöör as in Hannower. Dit Wordengemengsel hett in mien plattdüütsch Föölen eersmoal een Buul rinhaun – joa un funnen hevv ikk dat Plattdüütsk Büro – netso as de „Empfang" in de Bedriif wor ikk jüüst vöördem wee – twintich Stappen de Trapp hoch. Kiek – un in disse Momang hevv ikk mi wäär netso föölt as

domoals in Wuppertoal – in de Hüdelbargen – as ikk
een Stroatenboahn ton eersten moal mit de Röä noa
boaben foahren seech.

Nix dorto läärt . . .

As ikk tofällich bi Roadio Joade Foot foat har, hevv ikk
mi wat vöörnoamen - ikk wull de Minschen in dat
wiede Land dat Denken inplanten: **Joawoll - dat is us
Roadio.** Nich van mörgens bit oabends - so doch woll
Stünnenwies. Jümmers kreech ikk to weeten - **Roadio
Joade ???** - dat is doch irgenwat dor in Willems-
hoaben. Dat **Roadio Joade** un dat **Willemshoaben**
weesen denn in de Wöör heel wiet wäch. Dor wee wat
mit an - bi Roadio Joade keek man blossich över de
Pottrand bit noa de Henkels. Ikk bün dör d' Plattdüüt-
schland kroapen un denn elker Dach irgendwons
updüükt. Ikk hevv de Minschen bi de Hannen foat - un
mit hör tosoamen Roadio moakt. Un wat schall ikk jo
särgen - noa een körten Tied kunns in Wiesmoor ov in
Freebörch, Voarel, Zetel un Holtgast - ov in Wittmund,
Esens, Auerk un Moordörp - ov in Schwiendörp, Leer
un up de Eilands vöör de Küst hörn: Roadio Joade - dat
is us Roadio. De Noabers up Günndsiet de Grens - in de
Hollandsch Provinzii - luustert us to. So is dat wussen -
dat Band. Van binnen noa buten - van buten noa bin-
nen. Rejell noa de Devise - de Minschen buten köänt
oahn us lääven - hier binnen sünd wi oahn de Minschen
buten nix. Nu fiert Roadio Joade Geburtsdach - as sükk

dat hört, moakt man dat in d' Bladd künnich. Un wiel man keen Doalers för dat Spillwaark hett - tikkert man Lüü an, in d' Knipke to griepen un dat künnichmoaken to betoahlen. Dorför worn see denn in d' Bladdje up schrääven - recht so - well sükk inbrengt, de schall ok nöömt worden. As ikk de Riech van de Graleerers dörgoahn bün, hevv ikk maarkt, dat de Stüürlüü van Roadio Joade jümmers noch nich bi d' Oogendokter wäst sünd - see kieken ok vandoach noch blods bit an de Henkels.

Nivoo –
ov schull ikk bäter särgen, Läävensoart wor büst du ?

Veertein Doach lang hevv ikk mi hööcht – nä man, ikk wee rein göäksch. De Direktschoon van een „Hotel-kette" mit een oal oostfreesken Noam, har mi nööcht, moal een Dach bi hör mittodoon. Ansächt wee een Osterspektoakel. Wiel ikk sülvst vöör hoast füfftich Joahr in so een Bedrijf mit een gooden Noam up Nör-dernee läärt hevv, full mi dat nich stuur, glieks joa to särgen. In mien ollerwelschen Kopp stoven denn ok de Biller van Nivoo un Atmosphäre doagenlang hen un her. De Tied kunn ikk rein nich ovttööven – oaber endlich wee de Dach dor. Een moien Stää to sitten har man för mi inricht. Stuv tüschen Informatschon un Rezeptschon. Jüüst tägenöver de Dübbeldören-Ingang. Stilkens wenn de automaotisch Schuuvdören Jschjschjschjjd säen fluttern mi mien Papiirn üm mi to.

143

Dor seet ikk denn joa goaelk in mien Sörch – ünner Plastikbööm - un wull mien Besinnen so richtich wäär uplääven loaten. Tweedusend Minschen sünd woll an mi vöörbi steustert – oaber bi keen een hevv ikk funnen, wor ikk up luur. Noa een lütten Sett fung mien Weltbild an to klöätern – un tomoal leech dat heel un dall in Stükken. Middachs hevv ik mi denn froacht, ov dat verdannt keen Minschen mehr mit Läävensoart givt. De Kledoasch, de in de Stünnens so an mi vöörbi droagen wuur, lett mi an de Tied twiefeln. In de noare Tied noa d' Kreech harn wi us doadschkoamt, so rümtolopen. Mennichmoal seech dat düüre Tüüchs ut, as wenn Hein Pikkdroaht dat ut ole Plünnen tosoamenschoostert har. Un denn noch wat. Ikk weet joa woll wat moi is – ikk meen dat wenichstens van mi. Ikk kiek ok heel geern moal een kniepigen Froolüümors achteran – oaber wat mi in de Stünnens boaden wur – wenn ikk nich so stoafast in d' Karakter wee – ikk glööv, ikk seet nu all in d' Kloster.

═══════════════════════════

Noa de Woahl . . .

Dat Vöörjoahr trukk in d' Land – in de groode Stadt – dor glieks vöör de Bargen – seet man to regeern. Dat Footvolk in dat wiede Land Neddersassen har an een grieseligen halfwitten Winterdach mit hör Krüüzen – de see up een Plakkzädel moalden – fastlächt, well dat särgen vöör de tokoamen Tied har.

Nu seeten de Schnakkers tohoop un ballerden sükk de Wöör üm de Oorn. Well an luudsten kreinen kunn har haost all wunnen.

As dat nu moal so is in d' Lääven. Jedeneen meen, sien Tohuus, de Kuntrei, de hüm in dit Koakelrundum stüürt har – bruks de meiste Stöän.

Dat kunn ok jedereen begriepen – dat is joa een olen biblischen Erkenntnis: dat Hemd sitt nörder an d' Liev as de Jakk.

Dor hevvt sükk ok aal mit ovfunnen. Man hör denn in dat moie Schlött – wat dor an d' Lien licht – tovöörderst richtich spitzkantich, schkaarpschläpen Hochdüütsch dör de Lücht fluttern.

De een wuß dit to vertelln – de anner anners wat. Wenn dat hen un her to Ennen wee, harn de Minschen buten woll wat hört – man - verstoan un begrääpen har dat foaken nümms so recht.

Dat leechste bi dit Spillwaark wee noch - jeden van de Schnakkers meen – un dat glööven de meisten bi sükk ok wüggelk – dat sien Soak de wichtichste wee.

Is minschlich – ov wat wullt dor anners to särgen? Nu geev sükk dat eensdoachs dat vöörn an d' Kateeder een Minsch ut Oostfreesland stunn, de irgendwat to vertellen har, wat sien Heimoat un de Minschen in dit moie Land angung.

Wiel – Oostfreesland – up jeder Plattegrond is dat noatokieken – hört politisch ok to Neddersassen.

Dit Vertellen - dat mook he up platt – wiel dat sien Modersproak wee. Blods ditmoal seech de Soak rein verdreit ut – buten in d' Land kunnen de Minschen verstoan wat he ut sien Halsgatt rutleet – binnen in dat hooge Huus keeken de meisten sükk an, as wenn see särgen wulln: Kann nix verstaan. Disse Spröäk käent joa hoast jedereen all ut sien Kinnertied.

Un in de achterste Riech – dat kunn man ganz düdelk hörn – sää doch verrafftich een to sien Noabersch: „Warum hat man uns nicht informiert, daß wir einen Gastredner aus Grönland haben!"

Nöächte, ov wat Kinners so ankummt ...

Us Noabersch keem mi vernoamiddach tomööt – twee Familinovlärgers krüdeln all up eegen Röä tägen hör an. Son lütten Spiekermann as Jüngst hukel achter Moders Rüäch achtern up Drachholler. Nä nä – man nich so up dat noakend Droahtgestell – wat vandoach as ,Kindersitz' up d' Gepäkkholler fasttüddert word, dat sücht meist so ut as de Futterkisten bi Raiffeisen in d' Genossenschkupp. De Moder har mit hör dree Kinners een langen Böschkupp achter sükk. De lüütji Hömel hukel in sien Hukk dor achter Moders Rüäch un wee all halv an schloapen. As son Hund, de doarup wachten deit, dat he dodschoaten wurd – blitz mi dat dör de Kopp.

Well hett sükk sowat woll infallen loaten – Kinner up d' Günntsied van d' Lääven to setten. De neeschierich Kinneroogen kieken stiäl tägen son Gewaltspukkel an. Wat moot dar eers för een Mallör wääsen, wenn de Mors dor vöörn up de Soadel – de de Gewaltspukkel joa eers Stöähn givt – sükk bi de Poaseree moal een bietji Lücht moakt? Dat moot för de lüütji Kinnerkopp joa wääsen as son Gewitterschuur mit duusend Dönners. De Oogen mooten hüm joa troanen – un wor schall de nüdelige Achtersitter denn sien Nöäs hendrein? Man brukt sükk wüggelk nich to wunnern, wenn Kinner all as Lütt foaken heel benaut in d' Kopp sünd.

Nu geit mi ok up, woneem de ‚Schnüffelkinner' her-koamen – van sowat kanns näämich ok süchtich war-den.

Ov sükk dat allmoal een Geläärden van disse Kant bekeeken hett?

Wat harn wi as Lütten dat doch bääter. Wi seeten in d' Körf vöör d' Stüür, harn stoadich frischk Lücht üm de Nöäs. Wi kunnen de Stüürmann ankieken, un mit hüm schnakken. Dat wee doch een moier Bild – un ‚Drogenprobleme' geev dat ok nich in us Kinnerwelt.

Nu schöält woll glieks Stükk ov wat Schlaukoppen upgielen – ikk hör dat all. Van wägen de Säkerheit un so.

Is denn dat in d' Gesiächt kieken niks mehr weert? Wor de ‚Schlauen' sükk doch aal üm de fäälend Kommuni-katschon tüschen Öllern un Kinner sörgen.

Jüüst in disse Läävenstied word doch dat Fundament dorför lächt, dat Minschen ok noaderhand mitnanner schnakken köänt.

Un eens moot ikk nu ok noch ähm särgen: Foahnen fluttern ni tägen de Wind – un vöörn word tominnst nich schoaten.

Noch eenmoal mien Deern …

Güsternoabend, bi een lütten Schnakkeree mit mien Frünnd Paul sien Froo Helgoa, keemen wi so up de Ünnerscheed tüschen Kinners ut een un de sülvige Famili. Jungs un Deerns de een Voader un een Moder hemmen sünd foaken as Füür un Woater.
As Helgoa dat sää, stunn mi up Schlach mien eegen Familinbild för de Oogen. Bi sowat brukt man meist nich wiet to kieken - brukst blossich in de Schkapp in dien Kopp rin to lustern.
Mien öllste un mien jüngste Süster - vandoach noch jüüst so as för säßtich Joahr - schwaart un witt. Mien öllste Süster van jung an bäter nich as doch - behäävich - up sükk sülvst bedoacht - keen Trää to flink lopen. Moder sää eenfach **leu** dorto. Utdrieven hett see hör dat nie nich kunnt - nich mit Schnakken, nich mit Eien un nich mit Hauen: Versöcht hett see dat up aal Oarten. Anners bi mien jüngste Süster - dor is Moder villicht een bäten figelinscher vöörgoahn - oaber nä - mien jüngste Süster is woll anners strikkt. Mit dat up sükk sülvst bedoacht wääsen - dor steit see mien öllste Süster in nix noa. Dat is ok all de eenzige Eenichkeit. Jümmer ünnerwäägens - jümmer an dreien as so'n lütten Düwel, wenn he ut de Zigaarnkist flücht. Wenn man bi us in d' Siedlung een Drufel Kinner seech - vöörnwäch wee stilkens mien jüngste Süster. See wee de Boas - liekers van Jungs ov Wichters. Tja - un denn wee dor de Soak mit de Schoolwäch. Wi harn Glükk - us to Huus un us School stunnen man dreemoal henfallen utnanner - good twee hunnerd Meter. Mien jüngst Süster hett dat nie nich kloarbrocht, över d' Stroat noa Huus to

148

koamen. Hör Padd leep iiseern dör de Schloot, de achter de Hüüs langsleep – wiel, dat schedderich Woater ut de Hüüs muß joa irgendwons hen. Un stoadich mit een Steert van een Drufel Kolleechen achter sükk an. So seegen see denn ok Dach för Dach ut. Schidderk un mit tweirääten Tüüchs.

Wat keem dorbi rut? Moder, de joa woll anners noch genooch to doon har, de muß jeder Dach Tüüchs waaschken un flikken. Nä, nä - nich blods van mien Süster. Dat har joa woll noch angoahn kunnt. Wiel Moder so een groodet Haart hör eegen nööm, hett see ok elker Dach dat Tüüchs van de heele Bagoasch wäär inricht. Wenn de mit schidderk un tweiräten Kleedoasch noa Huus henkoamen ween - dat har meist düchdich Hau gääven. Aal birdeln un bädeln hett bi mien Süster nix hulpen. Un nu kummt dat, wat ikk mit figelinscher vöörgoahn meent hevv. Mien Süster wee moal wäär van boaben bit ünnern vull Schiet. Achtern in d' Waschköäken de Kleedoasch uttrukken - mien Süster steit dor mit hör blanked Lääven - Moder kummt ut de Köäken - een grääsich langen Strikknoadel in d' Füüsten - un denn: „So - mien Deern, du kannst di dat utsöken – in Tokunft över de Stroat noa Huus henkoamen, denn is dat good - ov dör de Schloot, denn joach ikk di jedermoal disse Strikknoadel in d' Mors - bit an d' Hals". Moder moot dor woll so vergrellt bi utkäken hemmen - van Stünns an keem lütt Leni över de Stroat noa Huus.

Nörden . . .

Nörden – hoast jedeneen weet sükk dor wat ünner vöör-
tostellen. Wenn man de lütten Schietbüdels in d' School
froacht, denn krist woll dries to hörn: Norden ist da, wo
die Kompassnadel hinzeigt. So is dat wiers. Froachst du
grötter Minschen, de stilkens mit een Huus up Röä ün-
nerwäängs sünd – de antern di foaken: Up Nörden to is
dat Winterdachs dree Moand düster un in d' Sömmer-
dach geit de Sünn netsolaang nich schloapen. Joa - un
noch wat löpt dor meesttieds achteran – Beer un
Schlukk is dor gräsich düür – un Iis un Schnee licht dor
in Bülten – och joa – un Lakse – up alle Oarten trecht
moakt givt dat ok. Dor kanns di de Fingers noa
schlikken. Een ov anner Mannsbild kann denn ok woll
moal nich an sükk holln – wenn he noa aal Kanten
lustert hett, ov sien „bessere Hälfte" wiet genooch wäch
is, denn kummt mit verdreide Oogen: Und die blonden
Mädchen erst . . . !!!
Ikk mach jo woll een anner Nörden beliekteeken. Well
nich jüüst een Wikinger sien Urenkel is, ov Pipi
Langstrümp hör Kinnerstuuw – ov villicht sogoar
Keunigin Sylvia besööken will – de brukt nich över de
Grens, un de brukt ok nich över dat Woater – de foahrt
eenfach noa Ossfreesland. Dor an d' Diekskant – nich
wiet van de Oostereems wäch – licht dat moie Staddche
Nörden. Nörden in Oostfreesland hett aal dat
vöörtowiesen, wat in jo Kopp mit Nörden verhoakt is.
Fischen givt dat – as wenn ji de sülvst trechtmoakt
hevvt – Schlukk un Beer is dor in Huus – Schrievers as
Astrid Lindgren köänt ji finnen – de Wichters sünd
netso blond un netso moi – anstatt Wikingers koamen

jo woll Oostfreesen tomööt – oaber de köänt mit hör Teemuseum blenkern. Dat find man anners nargenswons. Un denn kiek man ähm över de Diekskant – Woater süchst du liekers sovöäl as in Schandinoavien. Oaber wat man noch sücht – dat hevvt de Noordlänners wiers nich vöörtowiesen: De Perlen van Oostfreesland lirgen stuuv vöör di – de oostfreesken Eilands. Van Nörddiek ut man een Kattensprung, un man is mirdenmang in d' Paradeis. Well mi nu verkloaren kann, wor dat moier is as in dat oostfreeske Nörden – de will ikk geern tolustern.

Nördernee ...

Middewääk oabend seet ikk in Sinas Böökerwaarkstää in Jewer - dor dröfft ji ok ruhich moal hengoan - wenn jo jo Padd in Jewer över de Kaarkploatz föört - wat Sinoa Jostes so dor moakt - dor geit een dat Haart up - oaber dat blods so mit an d' Kant - also Middewääk oabend seet ikk dor ümeen bietji wat to vertelln - joa joa - ikk weet dat ikk nix to särgen hevv - ikk hevv dat all good mitkräägen - dor ut de tweede Riech - ikk hevv dat tominnst versöcht. Dor wee ok son bietji wat van Nördernee mit in. Een Deel van mien Jungmannstied stunn mien Bäed dor - ikk wull eers särgen - ikk har dor mien Telt upschloan - oaber dat kunn mennicheen mi woll anners utlärgen. Liekers harn wi wat mit Wichters to doon - ok woll moal een bäten mehr - oaber dor vertell ikk nix van. Mi hett moal een Doam sächt, dat wee mien ingelschen Karakter. Ikk glööv, see meen wat

Schentelemenhaftiges dormit. Wenn ikk denn so an mi doalkiek - ikk moot togääven, dor kunn wat mit an wääsen. Wiel - mien Voader wee jo een Saylor. Wat dat eelich bedütt, weet ikk bit vandoach nich so recht - oaber dat klingt so moi, finn ikk. Harrijeses - nu bün ikk all wäär rein van Nördernee ovkoamen, t'schüldigung. Wenichstens - as ikk bietji wat ut mien Besinnen an disse moie Tied in de Welt lopen leet, kreech ikk tomoal een antern. Oach wat - keen Echo - wi sünd doch nich in de Hüdelbargen - nä - dor seet in de tweede Riech vöör mi een Froominsch, de lääv mien Geschichten mit. Ikk kunn dat rein föölen. Un wat keem dorbi rut? See wee mien Tüüch - mien Tüüch, dat ikk de Woahrheit vertellde. See har in de sülvige Tied as ikk up Nördernee läävt. Ikk har woll vöördem pathetisch särgen kunnt: Und Gott ist mein Zeuge - dat har mi joa doch nümms glöövt. Tomoal seet dor well, een Minschke as du ov du - de har dat mitbeläävt. Gottinää - wat hevv ikk mi hööcht. Ikk wuur up Schlach een Ennen grötter. Mien Moder har woll sächt - Jung - paas up de Böän up.

Us Eilandslääven full ok noch jüüst in de sülvige Tied. Ikk mach nu nich särgen, wo laang dat her is - denn kunn woll de een ov anner anfangen to räken, wo olld wi sünd. Bi mi is dat liekers engoal - ikk seech all sied twintich Joahr ut as tachentich - oaber as een Doam moal sächt hett - mien Schentelemenhaftichkeit. Een büld Nörderneer Originoals hevv ikk joa all van schrääven – ton Bispill van de ole Schlachter Wessels. De har Magret - Magret heet näämich mien Tohörerin - noch in d' Kopp. Schlachter Wessels broch noch een half Schwien mehr up de Wacht as us Wattföärer Hin-

nerk Clausen. In sien Gewaltspans kunn woll een
Beerwoagen in ümdrein. Wenn Schlachter Wessels för
lütt Jungs ut Büks muß, denn gung he stilkens noa
buten up d' Hoff. Bi een son Gedoo hett hüm denn moal
een lüütji Jung ut de Noaberschkupp tokeeken. De Jung
kunn sükk denn nich verkniepen, noaderhand vöörn in
d' Loaden luut to kreien: Onkel Wessels, Onkel Wessels
- ich hab dein Pilimann geseh'n.
Domoals kunn mennich oal Tant bi sowat woll noch
een Doalschlach kriegen - nich so Schlachter Wessels.
Noa tweemoal Lücht hoalen greep he in d' Geldschuuv
- un statt Schellens kreech denn lütten Wiesnöäs een
sülvern Doaler. Un wat sää Schlachter Wessels dorto:
hier mien Jung - de häst du di wüggelk verdeent - ikk
hevv dissen Schlawiner näämich all sied twintich Joahr
nich mehr sehn.

Nu steäl di man nich so an ...

Jann Krüßmann foahrt all sien Läävdach noa See to. As
Moses is he vöörtieds bi Harm Bösselmann up de kopp-
lastige Schliekrutscher anfungen, up de he denn tüschen
de Eilands hen- un herkrüdel. Nu is Jann all laang
Koptein up een grooden, veerkantigen Blikkisten-
damper, un is in de heele Welt to riiten. Wenn sien
Schkipp moal wäär een düütschen Hoaben anlöpt, un
mit Glükk mehr as tein Stünnen fastmoakt – wat man
minn genooch vöörkummt - denn lett he sükk dat nich
näämen, sien oled Dörp to visiten. Alleen wäägen de
Schnakkeree, un üm mit sien ole Frünnen een Piep to

153

schmööken. An Bord is de eenzige de Platt versteit sien griesen Papagei Raßmus. Up de iistern Planken löpt dat anners mit de Sproaken buntklöärich dörnanner – van filipiinsch över schinesisch bit hen to Esperanto för Eskimos. Sien Stüürmann, de schnakkt as Eenich ok noch Düütsch – oaber blods wittblau kareert – de is näämich ut Bayern. Van de Familii läävt liekers nümms mehr in dat Söbenhuusenkuntrei – oaber Janns Haart haangt jümmers noch an de Linnenboom, ünner de he siene eerste Leevde denn eersten Sööten upschnullert hett.

Nu is joa all een büld Tied över d' Diek trukken sied-dem sien Büxen laang Piepen krääagen hevvt – un mit de Makkers ut de Jungmannstied is dat rein schroar wurden. Oaber de ole Krööigersch Minna Zuli de läävt noch, un hollt de Krooch togaang. Hoch in de tachentich is see middelwiel all. Schlecht hörn kann see noch good – un good kieken kann see schlecht. Dat moakt nu oaber rein nix. Hör Grog is noch netso stief as een Noordwest mit elben – un noa hör Boonenszopp kanns noch netso ballern, as fröeer dat Kanonensche-eten up Kaisers Geburtsdach.

Nu is d' moal wäär sowiet – Jann hukelt in de Gaststuuv ünner dat gröönsche Reiddakk – hett all Stükk ov wat Grog intus, un een Gewaltsteller mit Boonenszopp vöör sükk up de Toafel. Düchdich heet is de Szopp, un dat äten geit blods sinnich. Harras – wat sied twintich Joahr de Kroochhund is – de licht ünner de Noaberdisch, un pliest mit een Ooch stilkens noa Jann röver. Anners hört man de Wulf gannich – oaber sied Minnoa Jann de Teller mit de Boonenszopp henschoaven hett, is he an gnattern as een schmachtigen

154

Wulf in Sibirien. Jann kann dat nich begriepen, dat Deert is doch hoast sien Frünnd - dör so lange Joahren. He kann nich ümto, Minnoas Enkel to froagen ov de Hund wat fäält. Nää – Unkel Jann – sächt denn Lütten heel plietsch – Harras fäält nix – blods, du ättst jüüst van sien Teller.

Oabendglükk . . .

Dat dücht mi in mien Besinnen foaken so, as wenn de Sömmerdoagen in us Kinnertied moal so lang weesen as vandoach. Dat drücht - ikk weet dat woll. Een Stünnen hett jümmers noch szäßtich Minüten, un düster word dat ok noch jümmers üm de sülvige Tied.
Dat licht säker ok doran, dat wi nich van d' Huuskino berieselt worden sünd. Wi mußen us noch up us eegens Hand wat vermoaken.
Nu wee ikk joa all över de tein wäch. Dat ikk üm söäben in d' Nüst muß, wee ok passee - de Tied wee widerlopen.
Mien Süsters un Broers, de ween all aal utfloagen - un ikk wee nich mehr so een ganz lütji Hömel.
Moder mook hör Schichten in d' Fabrik. Moal van mörgens fief bit middachs üm twee - moal van middachs twee bit nachts üm een.
Wenn Moder nachts eers noa Huus to keem, denn har ikk joa oabends Tied, mi wat to vermoaken.
Dat wee richtich goaelk. Ikk kunn näämich aal dat beschikken, wat Moder villicht nich goodsächt har.

155

Een van disse Geschäften, dat wee Eiersöken. Mit Ostern har dat nu rein ganniks to doon. Eder wat mit Boadgasten.

In de jungen füfftiger Joahren tummeln sükk bi us in d' Siedlung all Boadgasten van överall her.

De Massenturismus har in Düütschland siene eerste Kinner kräägen.

Wi sülvst kunnen us dat heel noch nich leisten, up de Reis to goahn. Oaber in de junge Bundsrepublik geev dat all Minschen, de dat Geld dorför harn.

To goods keem us dat joa ok.

Well een Koamer in sien Huus föör de Gasten free-moaken kunn, de dee dat. De Minschen schleepen mennichmoal sülvst in d' Schüür ov up de Böän.

Dat wee joa jümmers blods een poar Wäken in d' Söm-merdach. Wi Kinners hevvt up us Oart sehn, dat wi 'een poar Krömmels van de Koken ovkreegen. Wi hevvt an de Boadgasten ton Bispill Eier verschüürt.

To'n gröttsten Deel ween dat Möveneier - de bruken wi blods up d' Penner uptotillen. Dat geev Lüü, de ween rein heet dornoa. So ok een Boadgast bi us in d' Huus. Sien Ovreis stunn för de anner Dach an. Ikk wull mi joa nix dör de Nöäs goahn loaten. Oabends vördem noch gau los un Eier söken. De Gelägenheit wee günstich - Moder wee up Schicht. Schummerdüster full all up d' Land - man mi keem dat tomööt.

Achter d' Diek wee ikk joa in Huus - un de Pennings, de kunn ikk good bruken. Ikk dwars över d' Penner. Büx - un Jakktaaschken har ikk vull mit Möven- un Korbeneier. Dat wüür mi wat brengen.

De Räkenkünstler - de in mien Kopp seet – de wee all präßies togaang wäst, un har penibel uträkend wat dorbi rümkeem.

Un wat ik mit dat Kapitoal moaken wull - dat stunn ok all fast!

Tja - un denn har ikk dat een bäten iilich un hevv nich uppaast.

Een Trää in d' Knienlokk - un ikk leech up d' Schnuut. In mien heele Taaschken har sükk de Utsicht up Verdennst in een grooten Hoopen Eierschmäär verkroapen.

An de Stää van dat, wat ikk mi aal utmoalt har to kopen, kreech ikk för dat versaut Tüüchs een düchtigen Loach Hau.

Ikk denk nu mennichmoal, de leev Gott hett dat mit us Eiergeschäften doch nich so good gefullen.

Meent oaber man nich, dat wee mien eenzich Glükksfall. Een langen, heeten un dröögen Sömmerdach leech achter mi. Moder wee wäär up Oabendschicht. Dat keem mi good topass, denn Kinnerdoach sünd joa veelsto köärt.

Wat so een lütji Minschke to beschikken hett, dat paßt dor meist üm meist nich rin. So ok an disse Dach.

Över Dach har ikk keen Tied, an d' Diek boaden to goahn. Hochwoater wee liekers eers loat Oabends. Ikk muß noa mien Meenen üm nägen Üür noch hen to boaden. Moder har säker nich joa dorto sächt - oaber wat schull dat, see wee joa nich in Huus.

De lange, witte Geniusstrand leech alleen in Gotts Natur. Keen Minsch wee to sehn. Ikk gau mien Tüchs uttrukken - un nu worhen mit d' Kind in d' Koal?

In d' Woater kapaustern - un dat Tüüchs eenfach lirgen loaten?

Dor kunn woll een koamen un dat stibitzen. Mitnähmen in d' Woater gung ok nich - also, een Lokk in d' Sand wöölt - dat Tüchs doarin pakkt - un rin in de See! Dat givt nix moiers noa so een heeten Sömmerdach.

Noa een gooden halven Stünnen strumpel ikk wär rut ut dat Woater un hen noa mien Tüüchs .... wekker Sandhümpel wee dat nu, ünner de mien Kleedoasch leech?

Dor ween tomoal hunnerde - un een seech as de anner ut! Ikk hevv söcht - un söcht - un söcht! De Sünn de har all laang Adschüß sächt, as ikk dat Söken togääven hevv. Ikk kunn de Nacht all rüken - ikk hevv mien heel Kleedoasch nich wäärfunnen.

So bün ikk denn up Boadbbüks noa Huus andoal. Annerndachs vertell ikk Moder, dat man mi dat Tüüchs an d' Diek klaut har.

Soveel Dussellichkeit, dat Tüüchs in d' Sand to verbuddeln, kunn ikk denn nich ok noch ingestoahn.

Oahn Adschüß ...

Dat is still in de Köken – dat is so saacht üm hör to - nich moal een Fleech is to hören. See much woll, dat see aal bi hör an de Disch seeten un de Gedankenreis mitmoaken. Sied tweemoal Moin särgen is see eers wäär in Huus. Oaber in Huus is nümms de Moin sächt - dor kann see noa Huus henkoamen wenneer see will. Dor is nümms, de up hör wachten deit un sükk hööcht, dat see de stuur Padd, de see Dach vöör Dach goahn mutt, achter sükk broacht hett.

Elker Dach de Gott hör noch givt, versöcht see hör lütt Deern - see denkt jümmers noch lütt Deern, ok wenn Thedi nu all de veertich achter sükk hett - dat Gefööl to gääven dat see nich alleen is.

Ov dat woll een Minsch weet, wo stuur hör dat mennichmoal ankummt? See is elker Mörgen blied un dankboar, dat see sülvst noch so krägel is.

De leev Gott hett woll een bäten schloapen as he Thedi up de Welt stüürt hett, denn irgendeen lüütji Togoav hett he dorbi vergääten.

Doarüm kunn see dat Maidji ok nich mehr bi sükk in Huus hollen. Oaber kann see hüm wägen dit bäten Schloapichkeit düll wääsen?

See denkt van nich - denn wo geern much see ov un to de Oogen tokniepen un nix van dat Elend up de Welt sehn. Licht hett see dat in hör Läven nich hat - woahr un woahrhaftich nich. Dröömd hett see foaken van een anner Läven - van Kindheit an. Doch disse Droomen hett see aal in een groote Kist packt un fast verschloaten. Ov un to hoalt see de moal vöör un schnüstert dor een bäten in rüm. Joa - denkt see - üm een bäten to dröömen, un disse Droom kummt dor denn ok glieks wäär mit in de Kist.

Oaber komisch is dat all - wenn see moal wäär so richtich mit Seel un Haart up de Grund licht - denn wiest de Herrgott hör dat dat noch vööl nörder togoahn kann. Wenn see denn sien Wiesen folcht un de Kopp wäär in de Nack deit, sücht see tomoal dat vöör hör de Sünn joa noch blenkert.

Wo anners moot dat woll Udo ankoahmen. Udo is een Mannsbild - good in hör Öller - de woahnt bi Thedi in d' Heim. He hett sien Lävdach keen Nod kennenleert -

hett jümmers düchtich Geld noa Huus henbrocht – hett
sien Kinner aal good togaang brocht - un as he denn
man jüüst up d' Rentenoller sien Froo verloren hett, dor
hett dat nich laang düürt un he hett sükk in dat Heim
wäärfunnen. As een halvigen Minschen - ünner
amtliche Betreuung. Nä, wat een Elend. Över disse
Gedankenreis is de Tee in de Taass kold wurden, un de
Dach hett sükk - oahn dat see dor achter koamen is - in
de Nacht verkroapen. Oahn Adschüß un Spektoakel.
Wat wee dat moi, wenn mien Lävensdach ok moal so
toennen goahn wüür - denkt see noch - bevöör see
inschlöpt, üm weer Kraft to sammeln vöör de nächsde
Dach bi hör lütt Deern.

═══════════════════════════════

Ohgottinää …

Kloas un Christoa – een Poar as ut een Billerbook. So
säen de Lüü dat to minnst in de Tied. Cloas wee oaber
ok stollt up sien Christoa as so'n Hüdelbakker to
Winachten up siene Stuutenkeerls. Un glüggelk wee he
bit achternto.
De verdekkselte Tied van dodscheeten un schmachten
har hör nämich utnanner reeten. Nu leepen sükk de
beiden tomoal wäär tomööt. Dör dat düster Geböörn in
d' Kreech weesen see elks een annern Padd stüürt wor-
den. Kloas har sien Christoa woll nich vergääten –
siene groode Leevde ut de Jungmannsjoahren in Ham-
börch, dat wiers nich. Wiel he hör oaber up de anner
Kant van de Elw - in de „Zone" , as dat rode Düüt-

schland nöömt wuur – to Huus glööv, har he dat denken
an de Tied noa heel ünnern in de Bakkskist pakkt.
Un nu stunnen see sükk oahn Wöör tägenover. Dat
sükk anschwiegen hull oaber nich laang an. In Schwie-
gen harn see beid ni nich Pleesäär hat. Christoa wee bi
dat Woordengehoakel Cloas jümmers een Nöäsenlängte
vörrut wäst. Van wägen, dat lichtere Särgen. Dor har
see in all de Joahren ok nix van togeeven. See hullen
hör Schikksoal denn ok flink an d' Hemdschlipp fast.
Bevöör dat widertrekken kunn.
Wenn dat Schikksoal överhaupts een Hemdschlipp hett,
hett Christoa noaderhand moal mit een Schmüster-
grienen sächt. In irgendeen Kuntrei in Düütschland
hevvt see denn nee anfungen.
Warken un sien Brödchies verdeenen kunn man to de
noare Tied noch nich overall. Sükk leev hemmen – dat
kunnen see in de heele Welt. Blods hieroaden … hier-
oaden, dat wullen see man blossich an een Stää.
Dat wullen see allenich in „Sankt Michael" – in d'
Hambörger Michel. Dat wee de eenzich Kaark, de för
Cloas Kaark wee.
Fast vörnoahmen harn see sükk dat – oaber so eenfak
wee dat liekers nich. Nich so eenfak wägen de fäälend
Pinunsen – un nich so eeenfak wägen dee dwarßlöpigen
Tostännen in Düütschland. Van wat hollt sowat oaber
een verleevden Hambörger Deern un een verleevden
Hambörger Jung ov? Van gannix! De Iiserboahn hett de
beiden denn hulpen – hett hör so een bietji ünner d'
Arms greepen, kann man särgen. Dor sünd de beiden
mit up Hambörch tokrüdelt. Dat wee mehr een krüdeln,
denn de Iiserboahn jooch domoals noch nich so maal
as vandoach dör de Wallachei.

Kloas har all meent, see mussen woll buten up d' Perron mitfoahren – van wäägen de halvige Pries. Oaber irgendwell hett hum denn, jüüst de Oabend vöördem, noch een Knipsbild ovköfft. Kloas wee nämich Billermoaker in sien Boantji.

De Schullerbüdels ween pakkt – un denn man los up Hambörch doal. Üm een Schloapstää bruksen see sükk nich to sörgen - Kloas kennde noch ut een annern Tied noa bi de Elw een moien Teltploatz. So kreegen see denn Hambörch to foat, as dat all balkendüster wee. Kloas wee rein een bietji gnadderich. Christoa meen, dat schull he man so hennäämen - wons anneers wee dat üm disse Tied ok nich hellerder. Christoa lücht mit Kloas sien oled Kreechstaschenlucht, as he flink dat Telt trechtsett hett. In dat Karree wee noch nix los – keen anner Telt, över dat man in düstern henstrumpeln de – nümms, de in de Noaberschkupp vöör sükk henschnurkde – so richtich wat för een moien Vöörhochtiedsnacht. He keem sükk hoast vöör, as in d' Paradeis. Dat mit de Vöörhochtiedsnacht wee denn ok woll nich mehr so fosst. Na ja – dat is joa ok liekers. Up jederfall – de gülden Sünn pietsch all de düster Mörgen ut de Dach, as Kloas - mit van d' Schloap noch een bääten plierige Oogen - een grooten Schkaa de Teltboahn sükk verdüstern seech.

De Kerl haar ok ruhich een Settji loater koamen kunnt, üm sien Gröschkes för dat Telten to kasseern – denkt he noch, as hee noa buten luurt – un jüüstemang in groode gluubsche Oogen van een gewaltigen schwaartbunten Koo kikkt. See ween nachtens gannich dor achter koamen, dat de Teltploatz gannskeen Teltploatz mehr wee.

162

Hoast oahn Stiäm hiemt he Christoa to: „Hier steit verrafftich een Koo vöör d' Telt." Un wat sächt sien Christoa - oahn dat see ok blods de Oogen rööcht: „De Koo stüür man wär wäch – ikk hevv vörmörgens keen Melk besteält."

Ok sowat hett dat gääven …

Oostfreesland is joa all jümmers stollt wäst up siene Freeheit – nu endlich har Preussen dat kloarkräägen Oostfreesland to schluuken. De Keunich in Sankzussii – ov wo dat Schlött dor in d' brannenborgsche Düünenland heet - hett dat so düchdich hulpen, dat he sükk van dor an Kaiser nöömen, un furrs wäär Kriich mit de Franzosen moaken kunn.
So knustich Keerls as de Oostfreesenjungs har he laang nich mehr ünner sien Suldoatens hat.
Jedeneen, de in dat Plattdüütschland keen Buurnhoff sien eegen nööm muß to de Foahnen – so ok Hinnerk. Sien Öllernhuus stunn ovkant van Cliinensiel – stuuv an d' Diek. Dat wee blossich een lüütjid Hüürhuus. Noa sien Schooltied wee he up de Eilands as Knecht up een grooten Buurderee. Dor is hum ok Riekje tomöötkoamen. De beiden harn sükk so leev wunnen, dat see freen wulln – wenner he van Verdönng trüchkeem. Dor in dat Franzosenland schullen see för de ole Willem eers de frööm Suldoatens vertobakken. Liekers is dat denn woll annerskoamen – oaber dat steit up een anner Bladdje. To de eersde Winachen kreech he van to Huus een Pakkje van sien Moder Trientje. Tägen

een Krintstuut un een Buddel Genever leech denn ok een lüütji Breef. Van dit un dat un van annerswat schreev see in d' Feld. Upletzd keem see denn ok noch up Riekje to schnakken – un dat see Bescheed van dat Eiland kräägen harn. Riekje har wat Lütts kräägen – un dor schull he sükk nu man över höögen. Man har hör oabers nich künnichmoakt, ov dat een Jung ov een Maidje wee – un so schreev sien Moder – kunn see hum ok nich beliikteeken, ov he nu Moder ov Voader worden is.

Oma Sziebelszopp …

Wat wee dat een gräsich heeten Sömmerdach – de Beerkutschers kunnen dor nich tägen koamen – een Weertsmann bölk tägen de anner an – de Gasten in de Krööch drögen de Halsgatten ut. An de Klüterbuden in d' Land geev dat bold keen Fuchtichkeit in Buddels mehr to koopen. De Blöä an de Stroatenbööm seegen ut, as wenn d' all Haarstdach wee – dorbi harn wi eers Julimoant – un dat ok man eers halv Dat Lääven in de Groodstadt leep överall een poar Trää sinniger – dat Teertüüchs manken de Hüüs wuur all gliemich. Well över Dach nich mit Gewalt ünnerwäägens muß, üm irgendwat to beschikken, de bleev in sien veer Müüren in d' Schkaa. Oaber as dat so is – jümmers kanns dat nich. So gung dat ok Omoa Sziebelszopp. See muß mit hör tachentich Joahr vandoach up d' Amt in de Neestadt. „Lebensbescheinigung" stunn hochdreit up dat Papier. See muß sükk beschienigen loaten, dat see noch leev. Amtlich un mit Stempel – för hör Renten – van de see nich recht lääven kunn – oaber ok nich starven. Dorvöör ween dat denn doch noch toveel Doalers. Na – up jederfall – vandoach wee de letzte Dach – bit mörgen muß dat irgendwons up een Schrievdisch lirgen – anners bleev hör Renten in Berlin. Mennichmoal hett see all so bi sükk dorcht, villicht wee dat bäter – denn har de Regeerung noch een poar Pinunsen mehr to verklein. Oaber dat wee denn blossich ov un to hör Denken. De Padd noa d' Onibus is hör düchdich stuur fallen – bi de Hitt. See hööcht sükk all, dat see sükk glieks eers een spierke verpusten kann – wenner see denn in d' Onibus sitt. Oaber schii-tendidel - as see endlich in dat Viigöäkel van Klöäter-kassen rinklautert is, sünd de hollten Banken aal besett. Middachstied is - de School in de Noaberschkupp is ut. De halvwussen Jungs goahn düchdich tokeer up de Sitzen – nümms steit för Omoa Sziebelszopp up. Na ja – de neeä Tieed - denkt see so bi sükk – oaber son bietji kraabt hör dat doch an de Gaal. See steit tüschen de Riegen un tikkert aal so sinnich mit hör Handstokk up de Footdääl – jümmers een Schlach luuder. Van dat Jungvolk keert sükk nümms dor an. Dat eenzich wat van achtern ut son schnöäselich Muulwaark kummt is: Oma hör auf zu kloppen – du nervst! Omoa Sziebels-zopp deit as wenn see dat nich hört. Twee – sass dree-moal suust disse Spröäk denn noch över de Banken hen. Tomoal sächt een heel nümigen Fendt to hör: Oma – zieh dir ein Gummi über deinen Stock, denn haben wir unsere Ruhe! Kiek – un wat sächt dor Heti Sziebelszopp netso nümich to de Wiesnöäs? Mien Jung – har dien Voader sükk vöör Stükk ov wat Joahren man een Gummi över sien Stokk trukken – denn kunn ikk mi nu dor hensetten wor du sittst.

Oostfreesenoart ...

Oostfreesen sünd joa man een knustigen Oart - up günndsiet van de Grenspoahlen - liekers ov in d' Ollenborgsche ov in d' Oranjeland - meent de Minschen, de Oostfreesen de köänt blossich Törf groaben, fetten Spekk äten, in d' Nöäs puulen un dikke Hopens schieten. Dat dat wiers nich so is, krichst du stuuv to weeten – du brukst man een Trää in d' Land to moaken. Oaber de meisten willt sükk joa hör Bild van de ballköppigen Oostfreesen nich körtmoaken. Kikst moal noa achtern in dat Tiedenlopen, süchst heel schlau Koppen un Geläärden, de mit Wuddels in us Plattdüütschland stunnen. Een büld Soaken van oostfreesk Doon un Denken is all in de wiede Welt goahn. Ikk hevv ok een tiedlang dorbi hulpen. Ikk will mi hier nich as een groodet Lücht henstellen - nä, nä - oaber vertellen mach ikk dat doch ähm. Dat wee in mien Butenoostfreesentied - ji mooten weeten - in miene Jungmannstied hevv ikk mien Footen meist ünner anner Lüüs Dischen hat - un de Sproak wee ok een Ennen wäch van us Plattdüütschland. As dat denn moal so is – Oostfreesen de loaten sükk nich verbuugen - oaber annern näämt een büld van hör an. Alleen dat is doch all een Teeken van us stoafaste goode Läävensoart. Krööger wee mien Boantje - Krööger in een groodet Kasino in dat Rheinlandsche. Noa Nörden to - in dat schwaartbunte Land -

trukk mi dat aal veer Wäken. Ton Hoarschnieden - na joa - mien Bruut woahn ok woll dor - oaber mien eerst Padd wee jümmers van d' Boahnhoff noa d' Hoarschnieder. Un denn geev dat bi us Krööger in d' Dörp een lütten Sööpke. Freesenappel. Buterhalf van Oostfreesland kunns disse Oart Schlukk kriegen as Appelkööm. Mach mennicheen woll särgen, dat is doch dat sülvige. Anschääten. Hars moal van prööven mußt kann ikk dor blods antern. Bi een Appelklukk van irgendwonsher krist een nattet Halsgatt - un wenner dor mehr van suppst, ok woll een veerkantigen Brägen. Bi Freesenappel löpt di elker Klukk över de Tuung - as wenn di een Engel up d' Haart strullt. Süüch - un dat is joa woll wat heel anners! Van dit goode oostfrees'schke Tüüchs schluur ikk denn jümmers Stükk ov wat Kisten mit noa Düsseldörp. Mien Tresensitter ween rein maal dorup. Oaber dat wee joa nich dat eenzige wat mitgung. De Freesenappel wee dat Schmeermiddel för de normoale Bedrief in d' Casino. Wenn dat denn moal reschkoapen lüchten muß, keem de Freesengeist up de Toafel – dat is de Rolls-Rois ünner de oostfreesken Schlukkszorten. Dor hevvt wi denn so mennich Rönnen mit foahren. Dor moot man oaber düchdich uppaasen bi d' tanken un Gas gääven - anners büst du tomoal as so'n sülvern Steern oahn Röä. De Schlukk is sowat van figelinsch - de denkt richtich mit - wenn dor een bäten veel van tikkerst - dien Kopp blivvt kloar – blods dien Beenen sünd wäch. Man – mit een kloaren Kopp oahn Beenen moaks keen Dummtüüchs. Sowat kann blods ut Oostfreesland koamen. Nei di moal een Buddel Sprit ut een anner Gägend dor achter – dor worst rein brägenklöäterich van - un de Tuffelschillen krupen di

de anner Mörgen ut de Oorn. Igittigitt - un dor schall mi
noch moal een särgen Oostfreesen köänt blods groode
Hopen schieten

Ossfreeske Gemütlichkeit ...
... ov fief Minüten ünnerwäängs stillholln!

Ünnerwäägens van hier noa dor - dat blenkernde,
trillernde Weserwoater sächt mi Hollstopp. Ikk schluut
mi de Riech an, de dor up d' Schkipp noa de Günntsied
luurn. Dat schöält woll noch een poar Minüten hengoan
bit de Sireen tutert. Ähm een Settji noa binnen kieken.
Biller lopen in mien Besinnen hoch.
Junge wat geit mi dat Haart up, wenn ikk över Land
foahr, un irgendwons up een Sandpadd vöör so een lütji
Rookhuus stillholl. Wenn ikk de Buurnblöömen in d'
Vöörtuun seech, un an d' Middelpadd de Obstbööm - de
mennich all twee Kreegen överstoahn hevvt – ov de
Fensters mit witte Stoffhangers un bleuend Geranies in
d' hukich Gäävel. Ut de Schösteen krüllert de witte
Rook van d' Törffüür. Twee Bummen hangen an d'
Müür un töven up de Melkertied.
Ikk kann nich an vöörbi - mi trekkt dat noa de lüütji
Döör - an de Eekenboom vöörbi. De Klepp lett rüsterk
bruun - as son verdrööchten Eekentakk, de all
joahrenlang dod dör de Tied lopen is. Siedels van d'
Ingang seech ikk dat Rägenbakk - mi is, as wenn ikk
dor güstern an vöörbistrumpelt bün - up bloodfööt - in
körte Büx. Ikk schuuv sinnich de gröönwitte Döör noa
binnen – de Hängen gielen fien noa Schmeer. Bamms -

sitt ikk mit Kopp an d' Döörbalk. Vöör füfftich Joahr wee de noch een Meter över mi. In mien Binnerst hör ikk Oma ropen: Jung, do ähm een bäten Schmollt an de Hängen. De drööge Läämfootdäel mit blengerigen Sand bestreet - ikk mach gannich topoasen. De Sünn strikt mit hör geele Fingers över d' Kökendisch - as wenn see sükk över Omas Krinthstuut hermoaken will. Opoa hett sükk mit een Fidibus Füür för sien Piep ut de Oabenklapp hoalt. De Teekädel zirst. Dör de bustige Iisenploat danzen de Sprenkels an d' Böän - twee halflastich Schink bummeln an d' Balk över d' Törfkast.
De Schmoak van Room un Kluntji killert mi in de Nöäs. Sett di doal - sächt Opa, bevöör he een langen Sloatji in sien Speefatt gallerd. Oma schuvvt mi een dikken Reem Stuut mit Botter to - an de Botter kanns dat Kaarnholt noch rüüken. Hest säker Schmacht, mien Jung - laang man düchdich to. De Knidderkluntji kikt boaben ut dat Köpke – as een Wulk schwääft de Room dor ümto. Een Ennen Mettwurst un een haalven Schink lirgen up de Disch - dat groote Mest licht dorbi - ikk kann nich ümhen un fuchel mi een poar goode Schieven dorvan ov. De rode Koater pliest mi mit een Ooch an - he licht de heele Dach up d' Törfkast. Wenn d' schummerdüster word denn strikkt he noa buten. Oma pakkt jüüst twee Tichelsteenen in d' Bakkschkapp – dat geit joa oabends nix över een vöörwaarmt Butz. Ikk nei noch een Stükk Krinthstuut mit Botter dor achter - un will jüüst mien schmeerich Hannen an d' Hemdschlipp reinmoaken, as ikk hochscheet – dor hett een van buten up dat Autodakk trummelt: „Die Fähre ist da - sie müssen anfahren."

Ov un to dröfft man sükk doch wunnern . . .

Wat is mi nich all aal in mien lüütjiet Lääven tomööt
koamen – mennichmoal denk ikk so bi mi, dat kann
doch gannich woahr wääsen. Oaber wenn ikk denn in
mien binnerwendich Upschrieven noakiek, denn moot
ikk jümmers wäär faststelln – dat is so!
Dat een ov anner hevv ikk joa ok all to Papier brocht.
Nu dröfft ji oaber nich denken, dat blods mi dat so ge-
böört.
Hartmut – wat noch in mien halvoal Öller mien Frünnd
worden is – de geit dat netso as mi. Hett he mi doch
annerletzd eers wäär wat vertellt ....!
So een bietji brägenklöäterich is us Welt joa all sied ole
Tieden. Moal süchst du dat mehr – moal minner.
Tieden hevvt wi beläävt, dor ween wi blied irgendwons
in d' Schkapp noch een Knüüven drööch Brood to
finnen – ok wenn de all een Wääk olld wee – vandoach
dröfft de Stuut nich moal mehr van güstern wääsen.
Foaken is dat so. Oaber as ikk all sächt hevv – gääven
hett dat sowat all jümmers. Dor is man blossich ni nich
so düdelk achterkoamen.
Wor man henkikkt – wat man köfft ov in d' Hannen
kricht – överall steit in Tallen updrükkt, bit wenner man
dat bruuken dröfft – wiel dat joa heel gefaarlich is, mit
een Stübber över siene Tied to fäägen. Dat blods as lütt
Bispill för Tüünhaftichkeit. Nu is mien Frünnd Hartmut
oaber wat ünnerkoamen ...!
Sitt in een Bedriif een Keerl achter sien Kantordisch –
he schrivvt de heele Dach wat up – givt wat ut – nemmt
wat in – allens word akroat to Papier brocht un Doalers
wesseln ok moal van een Füüst in de anner. Mien

170

Frünnd Hartmut wull van hüm een Teinmarkschien wesselt hemmen. Recht so. De Keerl gript in de Riegen mit dat „Hartgeld" – as man de sülvern ov missingsch Doalers nöömt – kikkt de dör sien Fuuk an – lächt de een ov anner bi de Siet – bit he tein Mark in Klöätergeld tohoop hett. Mien Frünnd kummt dat een bietji spoansch vöör, un he froacht saacht so achternrüm: Fidi – woarüm sorteerst du de Gröschkes eers?
Fidi kikkt hüm an as son Seeülk up Sankt Pauli – un wat sächt he mit gluubsche Oogen to mien Hartmut? Ikk moot doch up dat „Verfallsdoatum" kiiken – du schasst doch keen ovloopen Geld van mi kriegen.

Eers ovbirden un denn doon ...

Ikk weet - dat is verdreit! Man kann eelich eers wat bi sien Herrgott ovbirden, wenn man wat doan hett - meenen wi Minschen, de wi man een eenfach Gemööt hevvt. Heel figelinsch Kaarkenlöpers seecht dat foaken anners. Dat is mi in de noare Tied Ennen veertich all ingoahn. In us Aarmelüükuntrei geev dat een büld Minschen, de dat düchdich striepelich gung. Foaken harn see nix an d' Füür - wenich antotrekken un noch foaker harn see nix to bieten. Üm tominnst dat Läävsen to hollen, geev dat blods eens – man muß wat „besörgen". Dat wee mit dat denken van vandoach dries gliekstosetten mit klauen. Tägen de schräven Paragroafen wee dat domoals ok - wiers. Wenner du oaber klöömst, dat di dat Iis bi de Nöäs doalhaangt, un dien Pans vöör Schmacht utgielt as een ovstoaken Mutt

171

ünner d' Mest denn schitts du up Gesetzen, de Schrievers to Papier brocht hevvt, de een waarmen Mors hör eegen nöömt - un nich weeten, wat dat för een Geföol is, wenn sükk de leege Daarms in d' Pans ümdrein. Wat de meesten doan hevvt, dat we woll Nodhülp. An d' Noadenken bün ik domoals as lütt Minschke doch all koamen. Besünners, wenn us Noabers oabends mit een rein Geweeten lostrukken, üm wat to besörgen. Een rein Geweeten harn see, wiel see dat Undöäch schmörgens üm fief all in de Kaark ovbird harn. Ikk hevv domoals all spöärt, dat dat de verdreide Riech wee - un dat verdreide har ok woll nix mit de Nod to doon - denn wenn mennich Politikers vandoach weeten, dat see oabends Schwaartgeld in de Fingers kriecht, doon see dat schmörgens in d' Kaark ok all ovbirden. De Minschen sünd woll so.

Dor kanns oaber wat täägen doon - so as wi vöörtieds. In us groote Tuun wurn Nacht för Nacht Wuddels klaut - us Noabers kreegen all een geelen Klöär.

So harn wi joa in d' Hööch, wekker Padd de Wuddels gungen. Groot uprägen, un us de Nachten mit uppaasen üm de Oorn haun wull wi ok nich. Wi hevvt dat anners kräägen. Wi hevvt in een Riech van de gröttsten un moisten Wuddels van boaben een laang Lokk in dreit - een poar Drüpp Jauche rindoan - un mit rode Stokkfarf de Lokken wär toknüstert. Een drüselich Waark wee dat woll - man wi hevvt dat oaber good henkräägen. Annern Mörgen ween de Wuddels wäch – dat wee de letzte „schwaarte Aarnt" sotosärgen. Un us Noabers kreegen wäär een griesen Klöär üm de Nöäs. So geit dat ok!

172

Paas up wat du vertellst, wenn dien Hund tohört

Us Frünndin Christoa keek güstern Vöörmiddach ähm
bi us rin. Dat deit see foaken, wenn see up hör Kringel-
tuur is – dat heet, wenn see öller Minschkes besöcht, de
stilkens allennich sünd – ok wenn de Kinners ov Enkels
mennichmoal blods een handbreet wäch woahnen.
Oaber dat blossich so mit an de Kant – wiel, us Frün-
din de hett da nich so geern, wenn man dor wat van
sächt – see steit nich geern an d' Vöörkant. Liekers –
ikk muß dat losworden. Us Frünndin muß wat anners
losworden. Man har hör jüüst heel frischk wat van dat
Belääven üm een Autokoop vertellt – un hör Lachen
doröver muß see mit us deelen. As jümmer wee lütt
Ninoa – wat hör Dakkel is – mit van de Partii. Wenn
ikk nu Dackel säch, betrekkt sükk dat up dat buterwen-
dige Utsehn – binnerwendich is Ninoa denn mehr hör
Dochter. Bi de Autokööperee - van de see to weeten
krägen har – gung dat üm de Kinnskinner van de KdF
Woagens ut Grootriekstieden, van de sükk hör Noabers
een tolärgen wullen. See harn sükk de denn wiers ok bi
d' Koahrschooster in d' Dörp kopen kunnt – oaber dor
geev dat denn hööchstens een Klukk Sabbelwoater up
dat Geschäft. Nä – see krüdeln in de Gägend van
Hannover – in een groten „Autoerlebniswelt" as dat
hochdreit in dat künnichmoaken stunn – man weet joa,
wo spitzkantich de Hannoveroaners schnakken – nä –
nich de Peer, ik meen de Minschen ut de Gägend. Dor
in disse „Autoerlebniswelt" kunn man joa een büld
mehr belääven. Joa – un dat hevvt de Noabers van us
Fründin denn ok beläävt. Ikk har hör dat vöördem all
särgen kunnt – denn Oal Uloan - wat mien Opoa wee,

173

de hett domoals all sächt: ut Hannower kummt nii nich wat goods – oaber wat har dat hulpen? Glöövt har mi dat so nümms – un froagen deit mi ok keen een. Dat wull ikk eelich gannich vertelln – up jederfall – Ninoa – wat de lüütji Dakkel is – de har dat joa aal mitkräägen. Wat deit see bi de näächste Hollstop – an de us Fründin hör för tein Minüten alleen in d' Auto lett? Verneelt Chrostoas Hüdschefüdel van binnen up een Oart – as wenn see hör wiesen wull – kiek, dien Koar is nu ok in Mors – dor moot een annern her. Nu köänt wi beid ok in de moie „Autoerlebniswelt" foahren.

Een gooden Roat . . .

De ole Paster Wübbmors wee nu all sied een half Joahr Propitär. Oaber jümmers, wenn he up sien rüsterk Doamenrad dör d' Dörp krüdel – meesttieds wee dat de Tuur van sien Rentensitz noa Hinnerk Pulterbeer sien Krooch – kreech he aal twee Hüüs to hörn, wo schkoa dat de Lüü dat ansehn, dat he nich mehr van d' Kanzel schnakken de. Dat wee oaber ok to verdredelk – sien Noafolger, in de he so groode Hoapnung sett har, paas woll fiegelinsch in dat schwaarte Tüüchs – oaber schnakken – schnakken, dat wee nich sien Boantji. Solaang he – Wübbmors - noch de Gemeente Sönndachs de Leviten lääst har, har mennicheen dat Trillern in d' Büks mit noa Huus hennoamen. Wenn nu de junge Amtsbroer Hieronimus Rövenstääl – alleen de Noam wee för de Lüü all een Bewennt, nich in de Kark to

goahn – wat ut de Katechismus vertellen de, denn hör
sükk dat eder an, as wenn Minnoa Kroak hör
Noabersch een Rezept vöör Boonenszopp mit
Krintstuut vöörlääsen de. Hieronimus Rövenstääl wuß
woll över aal dat Bescheed, wat in de tweeduusend
Joahr sied Betelehem in de Welt geböör – oaber he
kunn de Minschen dat nich mit de nödich Kattun üm de
Ooren haun. Üm dat **dat** een Ennen har, un he in Ruh
wäär mit sien Peddmannsülvst noa d' Krooch to kunn,
hett **he** de junge Paster ähm beliekteekend, wat he doon
muß, üm de richtige Schlach an sien Schnakkeree to
kriigen – vöör jeder Predicht muß he sükk man good
een Duumebrette ut de Buddel nähmen. Denn schull dat
woll noch wat mit hum worden. De näächste Sönndach
keem – de Kark wee vull besett. As de Gottsdennst ov-
hüdelt wee, har de junge Paster dat schiens ok good
henkräägen – de Gemeend har hüm up jederfall düch-
dich Bifall gääven.
Vull Freud kummt he oabends bi Wübbmors up Visit –
un will weeten, wat de nu so meent. De ole Paster
kloppt hüm reschkoapen up de Schullers, wiel he dat
good moakt har. Blods eens – sächt he, blods eens dat
hett nich so heel passt – dat Schlußword in d' Kaark dat
heet jümmers noch Amen – un nich Prost.

Wenner dat pingelt . . .

Wenn man een Minschke, dat vöör füfftich Joahr
ovläävt hett, in dat Weltbild van vandoach setten wüür,
de har säker dat Gefööl in een Dwarßlööperzirkus to

wääsen. Givt joa keen Stükkji Grund, wor nich stilkens
wat up di instöärmt. Vöör noch good een halvet Joahr-
hunnerd stunn blossich bi de Koopman an d' Ekk een
Apparoat, van de ut man mit Minschen, de wiet wäch
ween, schnakken kunn. Fernspräker heet dat domoals.
Aal poar Kilometers stunnen an d' Schlootskant lüütji
geele Huusen. Dor har de Post denn Schnakkfatten
uphangen för dat eenfach Volk. Dor seechst noch keen
Rekloame ov sowat in – eenzich een groode Toafel
hung över dat schwaarte Schnakkfatt: „Fasse Dich kurz
– nimm Rücksicht auf Wartende". So wee dat. Ännerd
hett sükk dat gewaltich. Lüütji Hukelmorsen, de man
jüüst drööch Büxen anhevvt, de lopen all mit so een
Schnakk-Knoaken an d' Oor rüm. Man kunn hoast
meenen, see sünd dormit geborn. Muskoalisch is de
Welt dor dör worden. Fröher mussen wi sülvst singen –
vandoach pingelt un jüdelt un juchheid dat ut jeder Kid-
delschuud. Is nödich Tied – denk ikk mennichmoal, dat
dat Rööäkschnakkfatt inföärt word. Denn is wenichstens
up d' Schiethuus nümms mehr mit so een Deert an
schnakken. Kanns henkoamen wor du wullt – irgendeen
is jümmers dornoa tomoot irgendwons antopingeln. Dat
is woll een Süük, wor dat noch keen Medisin täägen
givt. Schöält all Lüü mit de Knööpkomod van hör
Kiekkaassen schnakkt hemmen. Ov so, as mi dat vör-
mörgens ovgoan is. Ikk har us Fründin Christoa
besöcht. See brengt mi wäär up de Padd – munterhollen
hevvt wi all sächt. See steit in d' Huusdör – ikk all
buten up de Trapp – wiel – irgendwat givt dat joa
jümmers noch to schnakken, wat man vergäten hett to
särgen. Mirden in dat letzde Adschüß trillert een
Schnakkfatt los. Christoa is joa een honorich Froo-

176

minsch – de lett di denn nich man eenfach so stoan. Dat Gejauel hull oabers nich up – ikk säch - Christoa, dat Telefon pingelt. See schnakkt wiider mit mi, so as wenn nix is. Ikk nochmoal – dat Telefon – Christoa - nu goa doch ähm hen, dat moakt een joa maal. Us Frünndin kikt mi över hör Fuuk wäch an – grient – un löpt los. Nä, nich in hör Huus rin, up hör eegens Schnakkfatt doal – see steustert över de Stroat. Ikk roop hör noa – Christoa – dat Telefon pingelt. See dreit sükk as een puusbakkich Engel to mi üm – **du** hest doch sächt, ikk schull an d' Telefon goan – dat pingelt näämich bi us Noaber.

De Sozimoaldezokroaten ...

So as mien Opa Bebels August siene Noafolgers in de Tied un in de Geschicht jümmers nöömt hett, wenn in Düütschland moal wäär wat geböör, wat de een ov anner Minschke in d' Kuntrei denn villicht ümdreef – ovwoll dat eelich wat wee, wat jedeneen in d' Land angoahn schullt har. De meesten Düütschen de schloapen su aal – see worden meesttieds eers woak, wenn hör eegen Mors all sengerich rüüken deit. Denn is dat liekers oaber meist to loat, üm dat Füür denn uttopoasen. Sükkse groode Footen hevvt sülven de Lüü ut Saterland nich. De Saterlänners ween näämich bekennt föör hör groode Footen – de bruksen see üm good dör d' Moor to koamen.
Mit dat Beteeken as „Sozimoaldezokroaten" wull de ole Boas van Peerhannelskeerl sien Meenen

künnichmoaken, dat de Waarkerpoltikers nich good rääken, nich good mit anner Lüüds Geld ümgoahn kunnen. He har dat dör de Joahrteinden ok an sien eegen Liev – ikk schull bäter särgen in sien eegen Knipke beläävt. He is näämich lange Joahren mit de Tied dör de Tied goahn. As he in Nägenteineenunfüfftich mit bold hunnerd Joahr up sien Pukkel oläävt hett, dor har he bold szöämzich Joahr Kaisertied mit an d' Ennen een lütten Revolutschon, hoast 13 Joahr Weimar, twalf Joahr Duusendjöährich Riek mit denn upletzt noch een Schmoak van us demokroatisch Bundsrepublik benöömted Versöken van Örnung in d' Land to brengen, achter sükk brocht. Dor schall mi nu blods nümms särgen, mien Opa hett niks beläävt. Mit sien Särgen, dat de Waarkerverträäders in de Politik as Uppaasers, as Oppositschon, een heel wichtigen Part to besetten harn, wiel see van dor de Geldlüü in Regeern kroad in d' Mors poasen, liekers oaber sülven keen Undöäch moaken kunnen, dor hett he woll dör siene Tieden recht mit hat. Ikk säch dör siene Tieden – denn vandoach geböören see sükk ja in d' Oppsitschon foaken noch een büld gräsiger as de, de mit de Mors mirdenmank in d' Kapitoal sitten. Noams bruuk ikk nu joa woll nich mehr to nöömen.

Plattdüütsch in d' Gemeendroat ...

Een Dach in d' Joahr is Plattdüütschdach – so is dat künnichmoakt – un so schall an disse Dach in us heele Plattdüütschland van Holsteen bit in de Hüdelbargen up de Süüderkant van Ollnbörch – van dat Meckelborgsche Plattland bit noa Bunderhee an disse Dach mit Pleesäär Plattdüütsch schnakkt wordn. Nich dat nu een up dat verdreide Denken kummt, an de anner Doagen in d' Joahr word blods Düütsch schnakkt – wiers nich. De Minschen hier lääven mit Plattdüütsch. Man nich aal – oaber een büld. Bi us in d' Gemeend keem de Roat nu twee Doach vöördem tohoop, üm dat Beschluten, wat up de Toafel leech, in Plattdüütsch ovtohüdeln. Neeschierich as ikk joa nu moal gannich bün, kunn ikk mi dat Waark joa nich dör d' Nöas goahn loaten. De Buurmester hett sükk düchdich bemööt sein Ansproak in Platt to hollen – kann ikk nich anners särgen. Man - ankoamen is mi dat Spillwaark as wenn an Winachen de Oosterhoas ünnerwäägenss is – ov kanns ok särgen as Eiertrüllern an Pingsten. Dree, veer Lüü van de hoast dartich wichtich Minschen in dat Rundum hevvt noch wat up Platt ut sükk rutquält – ov tominnst versöcht – de anner söbenuntwintich hevvt denn dorto figelinsch up Platt nikkoppt un de Aarms hochholln. **Dat** kunn'n de Tohörers tominnst **aal** good verstoahn. Ikk hevv mi eernsthaftich froacht – nu twiefelt nich so vöör jo hen, ikk kann ok eernsthaftich weesen – wat dat Theoater schull. Us Modersproak hevvt de Roatsminschen mit hör Gedoo jederfall niks Goodes doan – un sükk sülvst ok nich. Mi keem dat eder so vöör, as wenn dor Minschen vöör een Riech Potten seeten un de Läpel verkeert rüm in d' Füüsten harn. Wat hett de ole Willem moal sächt as he sien Suldoaten bi d' ballern tokeeken hett? Gut geschossen – Männer – aber Ziel verfehlt!

Plattdüütsch vöör d' Gericht . . .

Nich dat ji nu meent, us Modersproak har wat utfrääten un stunn dorüm vöör d' Gericht – ov so. So wee dat man nich. Wenner us Modersproak ok all old is as Methusaleem - ji weeten joa woll, de Keerl mit de laange griese Boart ut dat hillige Book – is see wiers noch netso unschüllich as een witten Engel. Wat man joa van Düütsch nich särgen kann. Wiel – dor is foaken sowat buntklöriged tüschen wenn dat ut de Halsgatten kummt, dat man de Grund heel nich mehr kennen kann. Nänä – mi wull so een hochdreide Gesellschkupp ut dat süüdersche Düütschland an d' Knipke – wor ikk so niks inhevv. Wiel aal hör Griepen bi mi in d' Taaschke hör niks brocht har, hevvt see mi vöör d' Gericht schluurt. Dor schull ikk nu „amtlich" verdönnert worden, van dat Geld wat ikk nich har, hör wat to gääven, wat hör gannich tostunn.
See harn sükk dat richtich goaelk utmoalt – eenfak wat ut de Lücht griepen, dat irgendeen Minschke as Räkning henstüüren un kasseern. Jo man – nich mit mi. Blossich wiel een so'n Halfmallen up Papier magelt har, ikk har dat un dat doan, schull ikk Gebührn betoalen. Dat, wat de Fent upschrääven har, dat wee liekers netso woahr, as wenn he sächt har, de Poapst licht in d' Wääkenbäed un schmitt Twillings. De Keerls bi de fiene Gesellschkupp - dor in dat süüdersche Düütschland – de hevvt gannich keeken, ov dat woahr is. Dat gieren noa de Doalers de see bi mi hoalen wull'n – dat hett hör Denken utschkalt. An de Rääken – un dat tweemoal upfördern, de to betoalen – hevv ikk mi nich keert.

Un so keem dat, as dat koamen muß – ikk muß vöör d'
Gericht in de Residenz in Ollnbörch. Ikk wee reinwäch
verbiestert – un so'n spierke wee de Glooven an de
Gerechtichkeit mi all verlüstich goahn. De Dach un de
Stünnen wee nu ansett. Man har mi een Vöörloadung
tostüürt. De Gesellschkupp wull to de Termin een
Avkoaten stüüren – dat harn see mi künnichmoaken
loaten – see wullen mi wiers dat Trillern bibrengen.
Een Oostfrees dat Trillern bibrengen – wat harn de
Süüderdüütschen woll för Küän in d' Kopp. Nu wee dat
joa sowiet. Dat hooge Gericht seet mit veer Mann
achter de Galerii. Mi tägenöver hukel een Avkoat ut
Brämen in Dübbelutgoav mit sien Papiernkuffers – de
Deerten weesen grötter as twee Melkbummen
mitnanner. Oogott – dorch ikk so bi mi – bi de
Nürnbarger Prozessen noa de tweede Weltkreech harn
de Avkoaten weniger Papiern up d' Disch. Wat keem
dor woll up mi doal.
Oaber tomoal plies de leev Gott so'n spierke dör dat
böverst Huukje ünner d' Soaldekk to mi her, un sää
heel sinnich to mi, schnakk Plattdüütsch, mien Jung.
Kiek – un dat hevv ikk denn ok doan.
Un so gung dat denn ov:
De Richter: „ Guten Morgen, miteinander!"
De Soal: „Guten Morgen!"
Ikk as Solostiäm dortüschen: „Moin aal mitnanner!"
Tein Oorn wesselten de Richt, as mi de Richter glieks
achteran frooch: „Sind Sie der Beklagte Ewald Eden?"
„Joa mien Heer, dat bün ikk."
„Persönlich?" leep dor so'n bietji twiefelnd achteran –
as wenn hüm de Gedanken koamen wee, ikk har villicht
een van mien hollandsch Twillingsbroers stüürt.

181

„Recht so – ikk bün de Ewald Eden ut Schörtens, de
See körtens nööcht hevvt hertokoamen. Oaber ikk
schnakk Platt – ov dröff ikk dat hier nich?" – hevv ikk
vöörsichtshalver glieks künnich doan.
Vöörn achter de Galerii trukk so'n lichtet
Schmüstergrien'n van de een Kopp to de anner – blods
noa de Avkoatengesichten mi tägenover is dat nich
hensprungen – dor kann ikk mi nich fasthollen, hett dat
Grienen säker föölt.
Nu krist du wat to hörn – schoot mi su dör de Kopp.
De Richter dorup licht schmüsterich. „Soso – näänää"
Joa wat denn nu dorch ikk – dor kann doch keen
Minsch schlau ut warden.
„Näänää – dat dröfft see" – un to de Avkoat hendreit
„das dürfen Sie. Dat schöält wi all henkriegen."
Irgendwat wee anners in de Soal veer an dissen
Mörgen.
De Richter: „Denn brauchen wir heut' ja bloß
beschließen - - mmhh - - - ach nein – es ist ja Einspruch
eingelegt worden – fristgemäß - Herr Anwalt – Sie
stellen sicher den Antrag, das Urteil vom letzten Monat
bestehen zu lassen."
Nikkoppen van de Avkoatenstool – een drei van de
Richterskopp to mi: „Un See … See mooten de Gägen-
andrach stellen."
Dorup ikk: „Moot ikk nu noa Huus andoal, mi henset-
ten un dat upschrieven?" „Näänää – dat will ikk woll
för Hör beschikken – nu glieks. Dorför sitten wi hier."
Dree, veer Satzen lopen noa de öllere Schrieversche an
sien rechter Kant hen, un to mi kummt de Froach:
„See läänt de Förderung ov?" Mi dücht dat hoast, as
wenn dat ganns keen Froach wee, so as he dat sää. Dat

182

geev mi binnerwendich rein Stöähn bi mien Antern.

„Recht so – hooget Gericht – ikk weet gannich, wat ikk hier schall. Blods wiel een Minsch in sien kroakelich Kreiuulnteekens dor noa de Gesellschkupp henschrääven hett:

„Bunter Abend in Rechtsupweg – Veranstalter Ewald Eden – dat hevv ikk so ziteert, wiel dat dor in Düütsch steit.........."

„Ach so – sie können Hochdeutsch?"

Will he mi vergöäkeln? schweeft dor mirdenmanken de Froach över de Galerii to mi her.

„Wiers kann ikk Düütsch – dat hevvt de Mesters us in d' School joa läärt – ikk bün oaber joa keen studeerden Avkoaten - wenn ikk hier in Düütsch tääegen de Paragroafenschoosters van de anner Kant anträden moot – denn hevv ikk bi dat Spill joa furs een schroaret Bladdji in d' Füüsten. Un as mien eegen Översetter kann ikk joa nich good fungeern – denn wee ikk joa befangen" Nikkoppen weiht van de Galerii to mi röver, ünnerlächt mit een suutjet:

"Dat schall ikk woll för See doon."

Hett dat Hooge Gericht villicht ok all moal up mien Stool säten?

„Mien leeve Heer Eden – See hevvt joa een moien Breef an dat Gericht stüürt – liekers is de in Düütsch hollen ..."

Hör ikk dor so'n lichten Twiefel? Har ikk dat man ok all up Platt moakt – schütt mi dör de Kopp.

„Hooget Gericht – dröff ikk dorto särgen, dat ikk ok Düütsch schrieven läärt hevv – nich dat een nu denkt, dat hett een annern för mi schrääven."

Dat muß ikk eenfak in d' Richt setten – so een bäten
Stollt hett man joa ok.

De Vöörsitter dreit sükk noa de anner Kant – he sücht
ut, as wenn hüm wat in d' Nöäs killert.

„Stimmt die Klägerseite zu, daß ich den Brief hier ver-
lese?"

Dübbelted Nikkoppen kruppt tüschen de melkbummen-
grooten Papiernkuffers wäch - noa de Richterdisch hen.
Eenmoal moot dat Hooge Gericht sükk noch schnuuven
– „ich bitte um Ruhe" – moot he noch ähm in d' Soal
puusten – un denn faangt he an vöörtolääsen:

„Hohes Gericht -
hiermit lege ich gegen das mir am 06. September 2003
zugestellte Versäumnisurteil des Amtsgerichts Olden-
burg in seiner Gesamtheit Widerspruch ein. Die GEMA
– oder wie die feine Gesellschaft sonst heißt – scheint
mir ein ordentlich auf Geldscheffeln ausgerichteter
Haufen zu sein. Auf Grund einer in krakeliger Jung-
mädchenschrift erfolgten Mitteilung - über einen
„Bunten Abend" in der ostfriesischen Teilgemeinde
Rechtsupweg - Zahlungsforderungen gegen mich zu
erheben. Wenn mir ein Kind mitteilt, auf meine Or-
chideen im Garten hätte jemand gepupst, schaue ich
erst einmal nach, ob es sich auch so verhält, bevor ich
den Pupser auffordere, für sein Tun einzustehen. Ich
kann natürlich nicht beweisen, daß in Rechtsupweg
kein „Bunter Abend" am genannten Termin
stattgefunden hat – genauso wenig wie ich beweisen
kann, daß es keine Marsmenschen gibt. Ich jedenfalls
habe die Gemeinde Rechtsupweg noch niemals am
Abend zu Gesicht bekommen. Ebenso habe ich dort

keinen „Bunten Abend" organisiert. Ich unterstütze allerdings in meiner Eigenschaft als Moderator von Radio Jade in Wilhelmshaven Hilfeveranstaltungen – besonders im Bereich des Tierschutzes."

Dree Minüten düürt dat hoast, bit de Gesichten in d' Soal sükk wäär sülvst to foaten hevvt. De hollt sükk oaber heel genau an de Tied, denk ikk – net as de Speegelploaten bi mi in d' Roadio.
Tweemoal tikkert de Hoamer up de eeken Dischploat un verjoacht de letzde Kiekser ut de Soal.
„Mien Heer Eden – willt See dor noch wat anhangen?" Mi lett, as wenn de hooge Heer Richter up een Togoav tööft.
„Wiers mach ikk dor noch wat to särgen – Hooget Gericht – ikk mach nich begriepen, dat sowat geböören kann – dat Wichtje har joa ok schrieven kunnt, ikk har hör Gewalt andoan. Denn seet ikk nu säker all in d' Schkapp to Tutenklääven. Eerlich – de Glooven an dat Recht bi us is mi reschkoapen verlüstich goahn."
„Good dat dat nich so is" kummt van achter de Galerii
Ikk spöär reinwäch, dat de Richterskeerl dat leed doahn har.
„Denn finnen See hör Glooven hier villicht een Stükkji wäär" – dat wee för mi – un in de Anner Richt stüürt he de Froach:
„Will die Gegenpartei die Klage nicht aus Sympathie für den Beklagten zurücknehmen?"
Mit disse Froach hett he de Avkoaten dor tüschen de melkbummengrooten Kuffers liekers een Porch in d' Taaschke stoppt.

De Dokterjuren mooten eers tweemoal schluuken – ikk seech dat an de Knoop ünner hör Halsgatten.

„Das geht leider nicht" nochmoal schütt de Knoop bi de Een tweemoal up un doal – „ich möchte meine Mandanten dazu bewegen, ihr Verhalten zu ändern – und dafür brauche ich ein Urteil."

Seech ikk dor een Lüchten över de Oogen in de schwaarte Roov – ov hett de Süän blods kniipoocht, as de Richter – woll mehr to sükk sülvst – sächt:

„Denn schöält See dat ok hemmen."

Boaben up de Galerii word wat Papier hen un herschoaven.

„Sind wir damit durch? Ov hett noch Een wat to särgen? Nicht – dann ergeht folgender Beschluß: Verkündung des Urteils am 28. des Monats" – un to mi:

„in veertein Doach hört See van mi, wo dat utgoahn is – See bruken sükk oaber nich up de Padd to moaken – ikk stüür hör dat to. Wi sünd to Enn'n – mien Heer see köänt noa Huus to foahrn".

Ikk hevv denn schmoals dat letzde Word, un dat is:

„Bedankt un munterhollen säch ikk in dat Rundum."

Poahlsitten ...

Jedesmoal wenn ikk wat van de Poahlsitteree in d' Heidepark Soltau hör, denk ikk an mien Premääre in d' Sitten vöör över veertich Joahr. Bi mi wee dat blods keen moien Stohl up een holten Poahl in Sömmerdach - bi mi wee dat sowat ähnlichs as de Eiffeltorn mit hunnerddusend Volt an sien lange Aarms.

Dat wee ok keen Sömmerdach, denn wüür ikk dor joa gannich över schnakken - nä, wi schreeven de eenuntwintichste in d' Winachsmoand. De Lücht wee füfftein Sträken ünner de Stäe, an de Woater to Iis word.
Jungedi - wat wee dat koald.
Mien Haartbladd un ik harn us dat so moi utmoalt - de Nacht to mien Geburtsdach in hör Koamer to fieren.
Annerndach wee ikk achtein.
Wenn hör Ollen up Bäed weesen, denn wull ikk över so een lütji Vöördakk bi hör dör dat Finster klautern.
Vöör een jungen Keerl mit een büld in d' Büks un blods een Soak in d' Kopp wee dat joa een Schäät.
Erfoahren Lüü särgen nich ümsünst, wenn een Kierl vöörn wat in de Büks hett, is sien Verstand in de Mors. Dor is verrafftich wat mit an - glöövt mi dat. Un wenn man denn so'n jungen ballerhaftigen Fent is, de noch meent wat köst de Welt, is de Brägen woll dubbeld leddich. De Nacht vördem har dat joa all good henhaun. Hör Voader har oaber woll wat spitzkrägen. Ikk har man jüüst ansett to klautern, dor keem he mit twee Hunn'n ut de Achterdör rut.
Wenn een de Tied meeten har, wee ikk woll flinker as Armin Harry in hunnerd Meter.
Oaber dor wee joa nümms mit een Klokk - un dat wee joa ok balkendüster.
Laang har ik dat joa nich vullholln, oaber de leev Gott - ov irgendeen annern gütigen Minschen - har mirden in de Geografie een groten iistern Gittermast henplannt.
Dat wee min Rettungsring up de Ozean. Dor seet ikk nu in fief Meter Höcht – un ünner mi de beid Fleeschmaschinen.

De Düwelee van mien Bruut hör Voader leet hüm de beid Hunnen ünnern antüddern.

He sülvst gung moi wäär noa Huus, dat wee hüm wiers to kollt.

Ikk seet joa hoch un drööch - un wäch kunn ikk nich.

Nu kunn ikk joa sien Dochter nich mehr an d' Liev. Dat he de Füsten över sien Deern hollen wull, kann ikk bit vandoach nich an glööven. He wee us de Spoaß woll blossich nich günnen.

Wo lang Stünn'ns sükk trekken köänt, weet ikk sied disse Nacht.

Un wo haart dat is, wenn man achtein word, säe mi mit jeder Minüüt mehr dat blengerige Iisen.

Ikk bün de heele Nacht hen un her klautert, anners har man mi mörgens woll as Iis tweibräken kunnt.

As dat denn tägen Klokk särß anfung to schummern hett mi een Noaber, de noa d' Aarbeit gung, beliekteekend dat ik de heele Nacht mit de Deerten speelen kunnt har. De wussen heel nich wat bieten is. Wat hett de Oal sükk woll hööcht, dat he mi so dorbikrägen har.

Rägendroapen . . .

In us Noaberkuntrei steit an d' Kanoal een wunnerboaret Boowark ut Frollein Marias Tieden – Oldmarienhuusen. Eelich sünd dat blossich de Resten van dat ole Vöörwaark, de dor so moi in d' Land stoaht. Dat Buurnhuus, dat up de Warft stuuv dortägenan licht – dat is in loatere Joahren upsett wuurn. As Domänengood an een Buur verhüürt.

In lange un sture Doagen weesen dat stollte Ploatzen - oaber as dat so goahn is mit Buurn un Land in us neeflüchtige Tied – dat Utkoamen wuur jümmers leeger. Well sükk nich för de Masse verbuugen leet, de kunn bold up sien Hoff verschmachten.

Un so is ok disse Domäne as Stoatsgrund utmustert un verköfft worden. Dat geev in Ollnbörch ov Hannower joa wäär Pinunsen för de een ov anner neeä Stoatskarosse.

De Amtsperson'n hevvt dat joa wiers nödiger, dat man hör mit een blengerigen Steern up veer Röä dör de Gägend krüdelt - as so'n poar schmachtich Landlüü een Lääven oahn Nod. Liekers - de Domäne har een neeän Eegendöömer un wee joa nu keen Domäne mehr.

Van de ole Pächtersfamili stunn de Dochter noch in d' Lääven. See har dor jümmers noch hör to Huus. Dat ganze Bild wee een Eiland to'n verpusten - een Paradeis in een wöösten Welt. Mit'n lüütjien Teestuuv för de Minschen, de vöörbi keemen – mit een büld bunte Vöägels buten, in alle Grötten un Klöären.

De neeä Eegendöömer har oaber een büld Frünn'n, de aal scharp up dissen blanken Steen weesen. So is denn een Brett upstellt un dat ganze to Papier updeelt word'n. De een kreech de groode Schüür, üm dor irgendeen Spiegöäkenkroam uttostelln – in de Burseldeel wuur een ole Schmää inricht, un de lüütji Teestuuv bleev bi de Pächtersdochter. Bi de neeä Eegendöömer in d' Kantor seeten ok woll Lüü, de keen Middelschott in d' Nöäs harn.

Wo anners will man sükk verkloarn, dat see in de grode Schüür över de Utstellung een düüret Teltdakk intrekken leeten. Nu kladdert dat rötterige Schüürdakk stil-

kens up dat Telt. Een Minsch mit Bott för Denken in d'
Kopp har wiers för de Doalers dat Schüürdakk in Richt
setten loaten. As ikk all sächt hevv - dat fäälend Mid-
delschott in d' Nöäs.

So - ov hoast so sücht dat ok bi dat Teestuuvendakk ut.
Annerletzt seeten een poar Froolüü van d' Landvolk-
vereen bi Koffje un Koken wat to beschnakken. Doran
köänt ji sehn, dat de Pächtersdochter weltlüftich is - in
de Teestuuv givt dat ok Koffje. Minnoa Südhoff moal
jüüst mit bunte Wöör Biller van Rägen up een drööget
Land - up hör letzde Reis wee see in d' Sudoan wäst - as
dat buten mit een gewaltigen Dönnerschlach anfung to
geeten. As ut Emmers full dat Woater van boaben doal.
Man stäel sükk de witte Koffidisch vöör. De bruun-
schwaart Koffje in dat düüre Porzelloan - un van de
Dekk drüppelt dat Woater in de Taasen. Nümms wuss
ov dat Malör so richtich wat to särgen - blossich Min-
noa Südhoff - de har moal wäär aal in d' Grääp. Kiek -
sächt see - nu köänt ji de Ungerechtichkeit in d' Welt
sehn - in d' Sudoan verdrööcht de Natur - un hier strullt
de Herrgott us all in d' Koffje!

Hett dat denn anners nümms spitzkräägen?

Mien Froo keem van d' Hoarschnieder. In d' Füüsten
hull see een lüütji Book. See bleev in Hoot un Mannel
in d' Deel stoahn, drei dat Book in d' Hannen aal wat
hen un her, un schüddkoppt hör düüre Hoarpracht sin-
nich van een Sied up de anner.

„Hett de Hoarschniedersch di wat nich recht moakt", kunn ikk blods froagen.

See mook noch een Drei mit dat Book, bevöör see mi anter: „Nee, nee – mit mien Hoar is d' aal up Stää .... oaber .... in d' Breefkast stook allwär een Telefonbook .... wi hevvt doch eergüstern eers een neeäd kräägen ... dit is oaber wär so anners ..."

Dat wi de Dach vördem so een Deert in d' Huus kräägen harn dat wuß ikk ok.

Wi harn mit us Visit nämich noch doröver schnöätert wo moi dat doch wee, dat de Lüü, de sükkse Booken rutgääven, wär to Verstand koamen sünd – vanwägen de Häntichkeit un flinker finn'n mit Register an de Sieden un so. Dor wee dat denn ok bi blääven.

Nu harn wi noch eens kräägen, dat oaber so anners wee. Wat schull ikk doon? Ikk kunn mien Froo - mit hör neeän Kopp un mit hör Unkünnichkeit - doch nich so in Hoot un Mannel in d' Deel stoahn loaten. Dat wee een Waark, dat full in mien Rebett.

As Mannsbild un tostännich föör sükkse striepelige Begäävenheiten hevv ikk dat Book mit fasten Grääp an mi noahmen, wiel – wie Mannslüü köänt bi sowat mit us technischen Verstand doch kloarer kieken. Ikk säch dat moal so, wiel dat doch woahr is.

Mien Froo har sükk noch gannich utplünnert, dor har sükk de ‚Soak' all upkloart. Dat eerste Bookje, wat so good in d' Hannen licht, un wor wi ok heel licht dat ‚Ümto' van us Staddje finnen köänt, hevvt Minschen van hier moakt, de us käent. SKN un WZ steit in d' Impressum verteekend.

Dat anner Book is van anner Lüü moakt - un ikk moot särgen, dat is dor ok noa.

Rökerfisch . . .

As jung Kierls up dat Eiland mussen wi joa in de laang
Sömmerdoagen sehn wu wi de Oabendstünn'ns in Stük-
ken kreegen. Allto stuur is us dat nie nich fulln.
Wenn de een niks wuß, full een annern in wat wi noch
verhakkstüken kunnen.
Laangwiel wussen wi gannich wo dat schräven wuur.
Bevöör dat denn Tied wuur in d' Nüst to klautern,
leeten wi aal wat wi so up d' Liist brocht harn, bi use
Frünnd Benti ovzakken. Bent har van sien Oal de Tank-
stäe an d' Hoaben övernoahmen - man kann ok woll
särgen, he har een Goldgruv arft.
Dat is hüm oaber ni in de Kopp stäägen. He bleev
jümmers so as wi, de wi meist niks harn as us Tüch an
d' Liev.
Aal poar Doach de Bent rökern. Dor har he een Schlach
van wäch. Smoortoal un Seetung kunn wi us joa nich
leisten - dat wee för us veelsto düür. Oaber dat de ok
heel nich nödich. Eenmoal in d' Wääk keemen de
Hollanders un leeten hör Fanggood up Nördernee.
Wat van de Fischken nich grood genuch wee, dat
kreech Bent upto. Dat wee denn vöör us. Wenn he de
Bifang denn rökert har, kreegen wi een Butt ov 'n lütten
Stint woll vöör 'n Groschke. Dat kunn dat bi us denn
noch nett lieden.
Bit wi denn noa een heeten Sömmerdach bi Benti
tosoamen seeten. Wi harn de Dach mit aal Jungs een
bäten Glück hat un düchdich Schlikkergeld krägen.
Nu kunn dat wat lieden. De Hollanders ween jüüst dor
wäst. De Rökerschkapp hung vull.

Een van us har een grandiosen Idee: Rökerfischk äten - well an meesten dorvan äten kunn de wee de Boas.

Dree Beer harn wi ok all up, un so wee dor keen een de wat dortägen har.

Nu gung dat los - de Rökerschapp open un de waarme Butt leep dör us Halsgatt as niks Goods. Wi hevvt us aal niks doan - so bi dartich Stükk wee Fieroabend. Mehr wull eefach nich andoal.

Dat wee oaber ok vöör lange Joahren mien letzten Rökerfischk.

Twee Doach is us heele Drufel Jungs dornoa nich van d' Dönnerbalken rünnerkoamen.

━━━━━━━━━━━━━━━━━━━━━━━━━━━━━━━━━━━━

Schiet Technik ...

Dat wee ok nich so 'n richtigen moien Mörgen - so, as Christoa sük dat de Oabend vöördem utmoalt har.

Güstern wee dat de heele Dach striepelich ovgoahn - een wull dat - de anner wull dit - sülvst gung hör dat ok nich to bestich - de Schnööf keek hör dör Oogen un Oorn - so 'n richtich utwussen, veerkantigen Sömmerverkolleree har hör to foat.

Oaber well keert sük dor all an - wenn he wat van di will.

Mörgen - dat har see sükk upletzt vöörnoam, bevöör see mit Krüüzpien indusselt wee - mörgen köänt see di aal an d' Mors klei'n.

Mörgen letts dien Dör up Schlött un nümms kummt rin.

Dit nümms rinkoamn loaten - dat hett see denn joa bit vermiddach kloar krägen.

So richtich stollt, dat see isern bläven is, un de Lüü
buten stoahn loaten hett, kann see ok nich recht wääsen
- denn de heele Vöörmiddach wee noch keen een an d'
Dör de rin wull.

Na - liekers - so recht plägen kunnt har see sükk ok
nich - denn well nich dör de Dör kummt - de kummt
dör de Droaht - de neemodsch Tied! Woveel duusend-
moal hett see sükk all schworn: wenn dat nu pingelt
häävst du nich ov!

Bi d' eersd- un bi d' tweed- un bi d' dartmoal pingeln
gript see nich glieks hen - wenichstens nich heel un
dall. De Pingelmors an d' anner Enn'n givt oaber ok
keen Ruh - veermoal pingelt dat all - dat Deert van
Schnakkfatt will jüüst ton füfften moal ansetten to
juchhei'n dor hett see de Hörer ok all in d' Füüsten - och
- ikk hevv all dorcht, du büst nich in Huus - ikk wull all
jüüst wäär uplärgen.

Harst dat man eder doan, grummelt Christoa so in hör
Kopp.

Ikk wull di ok blods vertelln, dat mi dat good geit -
flücht dat denn noch dör de Droaht. Adschüüß ok - wi
seecht us.

Un dat wee dat denn ok allwär. Good geit di dat - denkt
Christoa - dat freud mi bannich - oaber noch mehr wüür
ikk mi höögen, wenn mi moal een froagen wüür, wo mi
dat geit. Hör schloapen köänen dat wee eersmoal
vöörbi. Ikk will man ähm kieken wat dat Binnerland-
hochwoater so moakt - schütt hör in, un see gript mit
hör rechter Hand noa de Knööpkomod van d' Kiekkas-
sen. In disse Momang jüdelt de neemodsche Schal-
meienklapp - de see noch in d' linker Fuust hollt -
allwär los. Schalmeienklapp nöömt see dat spiegöäken-

194

haftige, tabakstuutgrode Telefon - wat man so mit sük rümschläpen kann - wiel dat so komisch fidelt.

Up jedenfall reageert see furss un hollt sük dat Deert an d' rechter Oor. Hallo - - - hallo - - - well is denn dor. Noch tweemoal hallo - - hallo - nümms antert - niks is to hörn. Klei mi an Mors denkt see - un nemmt de Aarm rünner - un maarkt in de sülvich Momang dat see mit de Knööpkomod van d' Kiekkassen schnakkt hett – denn in hör linker Fuust jüdelt dat lüstich wieder.

Schiev för Schiev ...

Up een Oart kikkt nu all de „breede Wäch" ut de Kaarkendöör – dor in Jewer. Up dat Stükkji Grund tüschen de Herrgott siene Huusdöör un de „Een Welt" Loaden in de Klokktorn, worden Schieven verköfft. Schieven van de ümweiht Kastanji. Boomschieven. Bi Boomschieven denk ik an Brodschieven. Frocht mi well wuso dat? Een Handbreet van de Boomschieven wäch sücht man groode Bookstoavens an de Huusmüür – „Brot für die Welt". De „Een Welt" Loaden in d' Klokktorn bemööt sükk üm Brod för de Minschen in de daarte Welt. Ikk kann mi nich denken, dat de Huusboas över Kastanji un „Een Welt" Loaden ok blods eenmoal doröver noadorcht hett, in woveel Bargen Brodschieven sükk de Kastanji ümwandeln kunn. Jesus hett moal ut Woater Wiin moakt – he wee sien Patzmann hier ünner in de jewersch Stadtkaark wiers nich düll, wenner de ut Kastanjinhollt Brod moaken wüür.

Schnakken un schrieven . . .

Güstern in d' Bladdje is mi een Bekenntmoaken in d' Ooch fulln. 'n Stükk ov wat Schrieverslüü ut Oostfreesland - de all een Noam hevvt - nöögen dat Footvolk van Pennhollerquälers - man schull tohoop koamen. Moi - hevv ikk so noa de eerst dree Riegen bi mi dorcht - dat word säker 'n heel fiinen Oabend. Is wat mit Oabend - för d' Middachäten geit dat all los, un trekkt sükk bit över d' Teetied hen. De Boach doröver heet: För well schriev ikk. In d' Wääkenblatt stunn dat up Hochdüütsch to Papier - liekers wull man sükk in disse Kring dat Plattdüütsch vöörnäämen. **Mien** Bild van tägensiedich vertelln un tohörn kunn ikk dries wäär bi d' Kant lärgen - dor schöält sükk denn een Handvull Lüü - Autoren hevvt see hochdreit schräven - in een Rundum setten, un tosoamen veer Minüten Vertelleree för d' Roadio utaarbeiden. Woveel Hann'n un Kopp'n bruken de denn, wenn dat een Romoan worden schall? Ikk har glieks een Bild in'n Kopp - de Mester steit mit Wiesstokk, un beliekteekend een Hopen lütt Büksenschieter dat Schrieven. Fäält blossich noch, dat de Toafelminsch gröön Schoonhollers över d' Jakkaarms hett, un Appelklauerbüksen an. Oach joa - noa Rägel un Recht muß dat denn joa ok noch ovgoahn. Rägel un Recht - wat hett dat mit Plattdüütsch to kriegen? Rägel un Recht bi d' tosoamenlääven van plattdüütsch

196

Minschen - joa - moot joa nich jüüst een de anner in d'
Mors poasen - oaber bi d' Schrieven un Schnakken?
Van een Dörpsennen noa d' günndsiet word mennich-
moal all anners schnakkt. In de letzte Joahren sünd van
geleerde Lüü Bööker mit Rägeln in d' Welt brocht
worden, wor sükk aal Plattdüütsch Schrievers an hollen
schöält - van d' Münsterland bit in d' Schleswigsche -
van Stettin bit noa Bunderhee. De Rägelbööker schallt
nu mit Gewalt dat lopen läärn. Hett Milljon'n köst -
disse Kroameree. As de Rägelbööker rutkoamn sünd,
har ikk mi ut Neeschier ok een dorvan tolächt - man
kann d' joa ni nich weeten. Füfftich Mark köst dat Deert
ok noch. Glieks an de sülvich Oabend hevv ikk de
Schrieveree in us Messelkuul bediekt. Wenner ikk nu
de Bööker moal irgendwons lirgen seech, denn denk
ikk so bi mi - dat moiste doran sünd de Klören.

═══════════════════════

Schoatspill . . .

Wat deit een düütsch Mannsbild an leevsten, wenn he
mit tominnst twee annern tohoop is? Nänä - nich een
Vereen grünnen - dat kummt dor achteran - Schoat
speelen - Koarten kloppen - as ok woll so in Misch-
maschdüütsch sächt word. Well niks mit Speelbladdjes
todoon hemmen mach, de moot sükk nu nich geneern -
he hört denn blods ähm to een Minnerheit. So as ikk ok.
Upteekend hevv ikk dat liekers oaber aal in mien
Besinn'n. In mien Läärtied wee dat so: Wi harn füfftein
Minüten Frööstükk, un een halwich Stünn'n Middach.
De Vesperstükken wuurn so flink dorachterneit – dor

kunns rein nich tägen kieken. Un denn keem de Boobuud rein in d' schokkeln, wenn de Füüsten de Koarten up de Disch gallerden. Hein Schmeerlapp muß jümmers extroa düchdich kloppen - wiel de bunte Bladjis an sien spekkich Hann'n fastkläävden. Man - wee dat een Schandoal wenn Hein Pulterbüks moal wäär an d' müürn wee - ov wenn Siebelt Gnadderich sien Grang mit veer'n vergeicht har. Penningsschoat wee dat noch - wat wee een stollt, wenn he fief Gröschkes instrieken kunn. Fäänomänoal wee ok Dirk Döäsich - sien Noam schrieven kunn he man jüüst - bi d' Räken hör dat all up, wenn dree Tallen to Papier stunnen. Oaber bi d' Schoatspill wuß he - bit up een genau, wat buten wee - un wehe, **Een**, de up sien Kant seet, de de sükk moal verschmieten - denn kreech he een Kopp - netso gleunich rod as Minnoa Koppverdreier hör sieden Ünnertüüchs.

Nu froacht mi nich, woneem ikk dat herweeten do. Kunn wääsen, dat dat Klukk Beer - wat he denn jüüst dör sien Halsgatt lopen loaten wull - so in Dampwulkens wächstoof. Van achtern hör ikk nu een inschmieten - dat ween joa ok blods Aarbeiders - dor kann ikk so up antern: Wat düchst du Piepenkopp di eelich? Een Fleech un een Noadelstriepenantuch över een Knoakengerüst achter een Kantordisch sünd ok keen Garantie för Kloogheit. Wenn so een Schrievdischsitter van sien Ollen noch een Hüpen Monnis in d' Achersden stoaken kricht - denn kann he woll greuen as een Puustballon. He moot blods stiäel uppaasen, dat he nich an d' Stiekelwier kummt - denn is he näämich heel fiks een Nümms. So as Jan Sülverdroaht sien Jung. Dat Vermöägen, dat Jan mit rüsterk Iisen tosoamen kraabt

har, dat hett bi sien Jung fiks Beenen krägen. Up Renn-
peer hett he sett - van de he nu rein ganniks verstunn.
Oaber dat wee joa goaelk, mit een dikken Zigaar in d'
Schnuut, un een Cädilläk ünner d' Mors in Hambörch
över d' Reeperboahn to krüdeln. Nu woahnt he ünner d'
Brüäch noa Upgantschott - an d' linker Kanoalsied - un
leevt van Wermuth.
Nich dat ji meent, dissen Dwarslöper hett mi rein van d'
Schoatspill ovbrocht - wall nich - denn dor ünner d'
Brüäch sitt he nu mennichmoal mit siene Suupkum-
poanen un speelt Schoat. Dat har he man bäter mit sien
Aarbeiters doan - as he noch een rein Hemd an har.
Van de har hüm nümms dat Fell över de Oohren truk-
ken.
Ovwoll - ünner Schoatspeelers givt dat ok rein vergrell-
de Naturen. Ikk bruk blods an de Schweegeroal van
mien Süster trüch denken. Elker Sönndachnoamiddach
wuur mit Hans Zigaar, Meent Oltmanns, Jan Scherf un
Opa Paul bi Bernhard Duden in d' Düütsch Oadler de
wittschüürde Dischploat van d' Stammdisch vertobakt,
dat dat man so Oart har. Dor kunns ok so mennich
Stükk bi beleeven.
Wenn Dischler Hannes moal een schwaarten Sträämel
kreech, denn kunn wääsen, dat he so de Koarten in d'
Ekk schmeet un futerich noa Huus hen steuster.
Bi d' Priisschoat schoot us Schösteenfääger jümmers de
Vöägel ov. Sien Olsch much gannich, dat he dör de
Krööch trukk - see wee sowat van heppreppich - see
wee woll all mit een Jiepschnuut up de Welt koamen.
Verknusen kunn see nich, dat hör Keerl dor een büld up
scheet. Un dat sien Olsch nich jedermoal - wenn he
antüterd noa Huus keem, dat Rundholt ut Schuuf hoal -

broch he jümmers Priisen mit. Bi jeder Priisschoat wee he de Bestige.

Oaber wiel dat Glükk nu nich blods bi de Mannslüü mit de gröttste Schnuut stillhollt, gung dat Spill sowiet - he muß sükk de Priisen kopen. Anners drüff he näänich nich noa Huus to.

So hett de ole Lewi ut Jewer moal för een rötterigen Schink to nachtschloapen Tied van us Schösteenfääger een goodet Rad intuuscht. Us Schösteenfääger muß woll söäben Kilometers noa Huus lopen - un sien Droahtäsel as klaut utgääven - oaber he har de eerst Priis bi d' Schoatspeelen wunnen. Dat hett sien Olsch hüm ok glöövt - bit an de Dach, as see de ole Lewi stollt up Schösteenfääger sien Rad dör Jewer krüdeln seech. De Blamoasch, de see sükk inhanneld hett - as see de ole Lewi as Deef an d' Brett brengen wull - de Blamoasch kunns annern Dach up Schösteenfääger sien Kopp sehn - see hett hüm in nöchtern een mit dat Rundholt ut hör Köäkenschkapp verpuult - veer Wäken is de Zilinner nich van sien Kopp ovkoamen - un Priisschoat - dat Word, dat kunn he van Stünn'ns an nich moal mehr bookstabäär'n.

Wat givt to äten . . .
ov Schweegermoders Spieskoart !

Sönndachmörgen - Sömmermörgen. Twee Stünn'n vöör d' Kaarktied. Lissi un Harm sitten noch an d' Frööstükksdisch. De Nacht wee nich allsto lang. Up Noaberschupp har man güstern hollten Hochtied fiert - wat heet güstern - veer Üür wies de Klokk as de letzte Ovszakker dör de Halsgatten leep un de Gesellschkupp van d' Telt in de Schloapkoamers wessel.

Eenigen van de Mitmoakers harn dat gannich mehr so richtich mitkrägen - för annern wee dat noa Huus goahn düchdich stuur - wiel de Stroat nich breet genooch wee. Bi Harm kunn dat nich so fost wäst hemm'n, denn he sää jüüst to Lissi: Gerd har vernacht ok dääch genooch - he wee joa breet as'n Muulporch. Ovwoll - wenn man bi Harm mit twee Oogen henkeek, seech man, dat de ole Jan ten Doornkoat ut Nörden noch so'n spierke mit hüm an d' Disch seet. Rüken kunn man hüm up jederfall noch.

In d' Kaark dröffst du glieks gannich mitsingn - dien Foahn verdüstert denn woll dat heele Lucht. Lissi muß Harm doch ähm so'n bietji an de grööne, veerkantige Litersbuddel stöten - ut de he vernacht Jan ten Doornkoat freeloaten har. See har woll teinmoal to hörn krägen: een Buddel Schlukk is wat för twee Mannslüü - wenn de een nich mitdrinkt. Na joa - dat har see joa begräpen - ok wenn hör dat nich so heel ingoan wee. Dör de Köken trukk son lichten Röäk van broaden Oant. De har Lissi güstern noamiddach all vöörbruunt - wiel see joa vörvöörmiddach noa d' Kaark wullen.

De Stoom klüter Harm sien Fööln wäär son bietji up. Geev joa niks moiers as een knösterigen Oant - wor di bi d' Äten de Schmeer an d' Bakkschokken doal leep - un dor achteran 'n dreekantigen kööligen Genever - dat kunn hoast dat Himmelriek wääsen.

Lissi gütt jüüst 'n Schepp vull düster Beer över de Oant, as dat Spiegöäkendeert van Schnakkfatt jüdelt un wiesmoakt, dat dor irgendeen wat will. To Harm - goa

doch ähm ran - Lissi word all rein ungedürich - kann
doch wat mit us Kinners wääsen - ov mit dien Moder -
löpt dor noch mit hen. Harm steit stuur up - he lett dat
Deert eers söäbenmoal pingeln - wiel - villicht hört dat
joa van sülven wäär up - stääkt so bi hüm in d' Kopp.
He kann noch so sinnich goan - he kricht de Schnakker
an dat anner Enn'n noch to foaten. Oh - moin Moder -
joa mi geit dat good - joa - de is hier - Lissi vöör di.
Dormit schufft he Lissi de Schnakk-Knoaken tüschen
Goabel un Kökenfründ in d' Füüsten.
Grööt di Lissi - ikk wull jo vermiddach eelich visiten -
moal wäär 'n bäten moi vertelln - wi hevvt us joa de
heele Wääk nich sehn - wat givt dat bi jo denn to äten?
Dat löpt so ut de Droaht, as wenn Schweegermoder
ganz keen Lücht hoalen moot. Oh Moder - dat hööcht
mi oaber - bi us givt dat vandoach lekker Boonszopp.
Harm faalt sien ünnerst Bekkschokk andoal, as he Lissi
dat särgen hört. Lissi kikt hüm gannich an - see lustert
mit schmüstern in de Droaht - ut de nu heel upgeräächt
Schweegermoders Stiäm flücht: Ochgottinä - ik hevv
joa heel un dall vergäten - ikk bün joa bi Hille nööcht -
dat spiekt mi reinwäch, dat ikk vandoach nich koamen
kann - oaber villich seecht wi us de näächste Sönndach
- denn Adschüß!
Un dormit is de Droaht dod. Wuso - woarüm
Boonszopp - ikk denk . . . ! Harm weet nich wat los is -
he kikkt as een Bullkalf, wat jüüst bi d' Klötenbieter
west is. Nä, nä - Harm - du krist dien Oant - Lissi stoppt
de Troanen in Harm sien Oogen - dien Moder löpt jüüst
hör Telefonbook Spieskoart ov - un Boonszopp -
Boonszopp - de mach see up hör Dod nich lieden.

Schwien hat . . .

Annerletzt is mi up d' Padd noa Huus to hoast dat Haart stoan bläven. Dat wee so üm de halfluchtige Tied. Man kunn woll noch wat sehn - ton läsen bruks oaber all Lucht. Rasch auer - so heet dat joa woll in needüütsch - Fieroabendbedrief wee up de Stroaten ansächt. Een lütji Stroat van hier noa dor - see givt nich groot wat her - oaber doch woll fief Minüten Tied, de man spoart, wenn man nich de Hauptstroat langs krüdelt. An moie Toafeln - wor groot dartich upmoalt is - hevvt see ok nich spoart. Ikk seech 'n lütji Büdel van Jung rönn'n - hör hüm noch wat roopen - un denn giel'n ok all de Reifens van een Foahrtüüch. Manoman - denk ikk so bi mi - well hett dor nich aal Schwien hat! De lütji Jung, dat he sien Läven hollen hett - de Öllern, dat see hör Jung nich noa d' Kaarkhoff bringn mußen - un de Stüürmann, dat he an dat Malör vöörbikoamen is. Ikk hevv denn furss to weeten krägen, dat de lütt Jung gau van de een Stroatensied noa de anner -   noa sien Omoa to wull - de jüüst noa Huus koamen wee.
Vöör luuter Freud hett he denn dat, wat hüm över d' Stroatenverkeer bibrocht worden is, vergäten. Wenn de anner denn ok moal nich so recht bi d' Soak is, ov een bäten to flink ünnerwäägens - denn is tomoal de Hääven pikkschwaart.
Wo foaker is us dat sülvst nich all so goahn. Dat „to flink" foahren - dat givt mi nich eers sied güstern to denken. Een büld Stroaten ropen us figelinsch to: foahr flinker - de Oorn, de hört dat nich – man - oaber de Gasfoot - de reageert. Un us Kopp - de as Regeerung so moi boaben up d' Liev sitt - de kricht dor niks van mit.

203

Well van us is dat nich allmoal so goahn? Hand up d'
Haart!

━━━━━━━━━━━━━━━━━━━━━━━━━━━━━━━━━━━
━━━━━━━━━━━━━━━━━━━━━━━━━━━━━━━━━━━

Schwienkertied …
ov wat man tägen Stoff doon kann.

Reinhard har een düchdich grooden Kopp. De wee
oaber nich bit in aal Hörns vullpakkt mit Brägen – nä,
dor wee noch soveel Bott in free, dor kunns hoast noch
twee Föör Stroh inpakken. Dor kunn he joa wiers niks
an doon – dor har de leev Gott joa sien Hannen in d'
Spill hat. He is van sien Öllern ok säker in een heel
dröögen Tied trechtspiekert worden.
Vandoach seech ikk dat dries anners – oaber domoals
hevvt wi us hööcht, wenn wi hum up d' Schüpp näämen
kunnen.
Bi d' Waarkeree harn wi aal nich veel to lachen. Us
Boas wee een ballerhaftigen Keerl. Blods in de Tied,
wenn he up d' Fastland wee, harn wi Geläägenheit us
Moat an Spoaß vulltokriegen.
Een son Dach stunn moal wäär in d' Huus. De Koater
wee wäch, un wi Müüs kunnen up de Dischen danzen.
Twee Doach har de Boas inploant för sien Böschkupp
up d' Fastland.
Dat wuur ok nödich Tied – us Spoaßpegel leep all up
Reserve.
Reinhard muß moal wäär herhollen. Wenn man denn so
stuuv dorvöör steit moot een ok eers wat infalln. Dor
hett dat denn ober nich an fäält – wi ween joa öövt in
sowat.

De Kellers ünner dat groode Hotel kunns bold verglieken mit de Katakomben van Paris, ov so. Na joa – een spierke is dat woll överdreeven. Dor wee oaber wat mit an. In de achterste Hörn grummeln de groden Dampkädels. In jeder Kädel kunns bold een lütji Huus insetten. Net as son Koopans, in de een büld Ruuchfoor ringeit, bruksen see mennich Schüpp Koks.

De Koksbülten de dorbileegen, de ween dor ok noa. De enkelt Stükken ween foaken grötter as een Mannslüü-fuust. Stofferk wee dat dor ünnern man blods eenmoal – näämich stoadich. Nu ween wi an de Riech. Reinhard wee in d' Bedrief Patzmann för aal dat, wat mit schid-derk Hannen to doon har – un he de oahn groot to froa-gen wat hüm updroagen wuur.

Eernsthaftich hevvt wi hum verkloart, dat een neeä Ver-ordnung rutkoamen wee – vanwäägen de Schoonheit van de Nööderneer Lücht.

Koks drüff nich mehr stofferk in de Kädels rin – anners fungen de Lüü buten an to knücheln.

Dat kunn he verstoahn. He keem joa ut d' Köälenpott un har dör de Stoff in de Gägend joa siene Pustichkeit kreegen.

He muß de Koks reinwaschken bevöör de in Füür upgung. As verstännige Aarbeidskollechen hevvt wi för hüm aal dat tosoamenhoalt wat he dorto bruken de. Een grooten Balli mit heet Woater, Seepenpulver un sogoar een häntigen Kannenbössel – een Schwienker – harn wi hum besörcht.

Sükkse Aarbeidskollechen de moot man doch leev hemmen. Wiel he so blied över soveel Frünnelkkeit wee, kreech he ok noch een Melkschämel, dat he moi goaelk dorbi sitten kunn. Oahn Middachstünnen to

moaken seet us Reinhard van mörgens Klokk tein bit
noamiddachs üm veer to schwienkern.
Un denn har dor in us Plesäär een Uul säten. De Boas
keem nich eers annern Dach wäär retuur – nä, sien
Böschkupp har hüm all vöörtieds wäär noa Huus hen-
loaten.
Wiel he een heel figelinschen wee, keem he jümmers
van de achterkant dör d' Keller in d' Huus. Un wor
schütt he as eersted up doal? Up Reinhard bi sien Koks-
waschkeree.
So as wi us Boas kennden, hett he sükk noaderhand
woll vöör Lachen in d' Büks mägen – oaber veer
Wääken Stroafdennst ween dor för us denn ok noch bi
över.

Seefoahrt ut Nood . . .

Haarst nägenteinhunnerdeenuntwintich - dree Joahr is de
verdekkselde Kreech to Ennen. Düütschland licht ganz
ünnern - un dorünner licht noch Oostfreesland. In Frankriek
- in dat moie Versai - is van de, de wunnen hevvt, fast-
schrääven worden wat man in Düütschland dröfft - un wat
nich. Dat **wat nich** nemmt de meeste Bott up dat Papier in.
Aal wat dat Lääven utmoakt, licht an de Grund.
"Weltwirtschaftskrise" is noaderhand in de Bööker to
lääsen. In Oostfreesland weeten de meisten Minschen
gannich, wat dat Word to bedüüden hett - wat see spöären is,
dat see niks to bieten hevvt. De Ollen nich, un de Kinner
nich. Kinner - dor finnst in jeder Huus een heelen Riech van.
Well füünsch is, de mach woll särgen: de Lüü hemm'n
anners niks to doon. Mach wat mit an wääsen. Bi mien

Grootöllern üm d' Disch seeten nägen Kinners. Veer
Wichters - fief Jungs, een dorvan wee mien Voader. De
Wichter keemen noa de Schooltied bi d' Buur in Stellung.
För twee Sakk Frücht - de de Öllern krägen - un dree poar
Kiddelschuden för de Maid - för de Tied van Mai bit Mai.
För de Fenten geev dat een bäten mehr. Doch worhen mit
aal de Jungs? Soveel Knechten kunn dat Land nich verknuu-
sen. Wat bleev de Jungkeerls, de dat eerst moal laang
Büksen anharn? See mooken sükk up d' Padd - irgendwons
een Disch to finn'n, ünner de see hör Been'n stäken kunn'n.
Mien Voader un een Drufel Jungs - de aal in Friekensiel un
ümto in Huus weesen - leeten hör Holschen in Richting
Emden lopen. See harn wat hört van Seefoahrt un Fisch-
keree. Dat wee Aarbeit - dat wee Äten. Mien Voader kreech
glieks Hüür up een Heringslogger - as Moses. Well nich
weet wat een Moses is - dat hett niks mit Moses ut dat ole
Testament to doon - dat is de Beteekning för Schippsjungen.
Un denn gung dat los - van Emden leech Kurs Doggerbank
an. Haarsttied - Störmtied - achtein Mann an Bord -
dorünner een so'n lütten Halfman - de man jüüst boaben ut
de Büks rutkeek. De Noordsee har he man jümmer sehn,
wenn see in Cliensiel butenkants an d' Diek kraab. Nu seet
he dor mirdenmanken - nich so oahn irgendwat - nä - oaber
een Heringslogger is joa man 'n lütten Welt. In de eerste
Doagen an Bord hett he aal Klören dörlopen - van rod över
gäel bit schädderich gröön. An leevsten wee he över Bord
sprungen - so leech gung hüm dat. Un denn dat knoien -
Veertein Doach lang - Dach un Nach. Dorför sörgen, dat de
utwussen Seelüü wat in d'Liev kreegen - hier moal een van
d' Smut mit Foot in d' Mors un dor moal van d' Stüürmann
een an d' Piepenkopp - un de Koal un de Nattichkleit. Wenn
denn an d' Fang inhoalen gung - bit an d' Kneen in Herings
stoahn - spitzen, dat de Massen flink genooch dör dat Gatt
up de Schlachtbanken leepen - Soalt un Iis in de

Heringstünnen schmieten - mit Busten in d' Hann'n - so grot as Puulboonen. Wu foaken sünd dor de Gedankens woll noa Huus floagen - in de Butz achter d' Koamerdör - mit de waarm Strohsakk - ok wenn man sükk mit twee van de Broers een Butz deel'n muß. Dat wee doch dat Paradies - tägen disse holten Höäl van achunveertich Meter Längte un nägen Meter in d' Bredd. Well allmoal bi Störm mit aacht ut Noordnoordwest langs de ingelschen Eilands schippert is - de weet worvan ikk vertell. Wenn dat Schipp vull mit Fanggood wee, blenkerde noa veer Wäken wäär dat Füür van Börkum över d' Woater. Oh Heiland - wat büst du doch 'n Engel. Dat givt doch noch 'n Hoaben - un fasten Grund ünner d' Footen. Duusendmoal hevvt see sükk schwoarn - de Jungs - ni mehr noa See to - leever starben. Un net dat see in Emden up d' Hoabenmüür stoat - mit de eerste Hüür in d' Taaschke un een Hunnerdliterfatt soalten Herings an d' Sied - luurn, dat de Buur - bi de Voader in Aarbeid steit - hör mit Peer un Woagen ovhoalt - is ok all dat Denken dor - eenmoal noch - eenmoal foahrt wi noch mit rut. Eenoal noch soveel Doalers in d' Knipke - un eenmoal noch soveel Her-ings kriegen. För dat Gefööl haangt man geern noch moal wäär gröön in de Seils un schlikkt sükk de blöderk Hann'n - un sowieso - wenn man van dissen Barch Hüür noa achtern kikkt - so gräsich is dat doch gannich wääsen. Ut eenmoal un noch eenmoal is denn een heeled Lääven wurden. So as wenn de Herrgott wat tosoamen fööcht hett: In gode un in schlechte Tieden - bit dat de Dod dortüschen kummt.

Sengwarder Markt . . .

Moandach – de eerste September - ov anners sächt, de eerste Moandach in d' Septembermoand hett för de

Sengwarders sied lange Tieden een besünner Bewennt – de hett meist een hoogern Weert as de eerste Winachsdach. Tominns för de Mannslüü in d' Dörp – denn an Winachen givt dat heel nich so veel Schlukk un Beer to drinken, as up de Peermarkt. Traditschon. Traditschon is mittlerwiel ok de Hen- un Herschnakkeree van de Politikers ut Sengwardn un ümto. Een Traditschon de all so'n bietji stofferk lett – ikk hevv de busige Wind ut de Anfangstieden vermisst – de Tieden as Ehnste, Möhli, Eicki un Bernie mit puusbakkich Klöär up de Trummel gallerten, dat dat mennichmoal blods so stoof. Dor wee denn stoadich Fuchtichkeit ut Buddels un Glöäs nödich – anners harn de Lüü in de Schüür foaken niks mehr sehn kunnt. Wat man dor güstern hörn kunn, dat keem mi eder as een Bild in een spoakigen Speegel vöör.

Villicht hett joa all een van de Marktkommisschon de grode Hoahn'nbalkenstübber in d' Füüsten.

Een Umtuch dör d' Dörp mit alle Bedeelichten word joa in Sengwarden nich moakt – oaber ümtrukken is man mit een Deel van dat Marktgedoo – van de Schüür mirden in d' Dörp in de neeä Riedhaal an d' Dörpskant. Dat is woll good so. Oaber - de Froolüü sünd mit hör Waark in d' Dörpshaart in d' Soal blääven. Mi dücht dat so'n bietji, as wenn man een Haart in twee Stükken deelt hett – mit niks dortüschen.

Mien eerste Padd föörde mi noa de Sengwarder Markt-froonslüüd - de sükk düchdich bemööten an de Tee un Koffitoafel. Ikk muß an mi hollen, üm hör nich to eien – un ikk hör liekers gannich mehr to dat Dörp.

Sünnerlich – ikk mach bold särgen scheenierlich - is mi ankoamen, dat nich een van de Honoren bi de

Froolüü up d' Soal Moin sächt hett – bevöör dat mit Döntjesvertelleree un singen losgung. Villicht kunn'n de Mannslüü sükk ok nich van de Broadwurst losrieten – denn dat moot ikk särgen – dor wee Schmoak an. Oaber de Wurst wee hör joa nich wächlopen – denn hööcht har de Wichters in de Kring üm Reinhild Peters dat säker – noa soveel Insetten – un bi de Minschen an de Toafeln wee dat furss ok good ankoamn. Dat har de heele Drufel säker wat langer an de Dischen fasttüddert – ok wenner dat mit Tee un Koffi ditmoal nich so wiet her wee. Oaber villicht bün ikk ok blods een bietji maal in d' Kopp – un denk tovöäl an verleeden Tieden – up jederfall – in d' anner Joahr kiek ikk wäär up d' Sengwarder Markt to un vertell jo dorvan.

Sien Frünnd Koarl...

Ikk har moal wäär Gelägenheit, mit mien Frünnd Helmuth ut de Müllerstroat to schnakken. Helmuth vertellt mi denn jümmers wat ut sien Lääven – an hüm is näämich ok een heel büld vöörbilopen. Ditmoal hung sien Frünnd Koarl an d' Brett. Koarl wee een knustigen, weltlüftigen Ossfreesenovklatsch. Joaman – ji weeten nich wat een Ossfreesenovklatsch is? Dat will ikk jo denn man ähm verklokfideln. Dat is een Mannsbild, de sien Moder ut Eierland – ov wo dat heet – is, un de Voader ut dat Appelsin'nland – Oranjeland heet dat joa woll – dat Woatergrönland up d' günntsied van de Eems. De Öllern van Moder un Voader ween beid in Rechtsupwäch noa d' School hengoan, un in de

Kinnertied mit hör Ollen utwannert. De een Part much woll leever Appelsin'n un de anner Part stunn mehr up Eier – ov so. Hett wenichstens moal een to mien Fründd Helmuth sächt. Na liekers – dat is vandoch joa ok engoal – denn Centen givt dat nu överall.

Also – Koarl – wat mien Fründd Helmuth sien Fründd wee, de wee, as ik all sächt hevv, een weltlüftigen – tominnst sien Vertellen noa. He wee laang Joahrn noa See to foahren – har bi de Kürassiere van de ingelsch Keunigin dat Scheeten läärt – har in Eiowaa Boomwull plükkt un in aal Hörns van de Eer noch een büld anner Kroam beschikkt. Upletzd har Ossfreesland hüm to pakken un leet hüm nich mehr los – dat Land van Oma un Opa.

Veel Doalers har he nich spoart up siene Reisen – un van Törf word man ok in Oostfreesland nich satt. För de Seefoahrt wee he mittlerwiel to old, un för de Renten noch to jung. Kürassiere givt dat in Ossfreesland keen een mehr - un boomwullplükken keänt man nich. Pläächmann up d' Boo is he wordn. Liekers wat in de Welt geböör – wat ok för een Noam in d' Bladdje stunn – Koarl har mit elkseen all een Schlukk drunken. De Müürkers up d' Boo kunn'n dat bold nich mehr mitanhörn – un wullen dat weeten.

Een Utfluch mit Käägelvereen noa Berlin schull Koarl sien Tüüneree an d' Lucht brengen. Dat har man sükk ünner de Kolleechen vöörnoamen. Dat Parlament stunn up d' Programm. Noch keen fief Minüten is man in de grääsige Glaskassen, wenkt de Bundskanzler ok all röver: Moin Koarl – wo geit di dat? Najoa – dat kann joa Tofall wääsen – denn de Kanzler hett in sien Läärtied joa moal Spiekers verköfft. Een halven Klukk

Sabbelwoater loater bölkt een annern över de Koppen wäch: Moin Koarl – is d' aal up Stää? Is dat doch verafftich de Adidasminister, de dat van Koarl weeten will. Gediegen is dat doch – oaber villicht hevvt de beiden joa moal tosoamn in d' Gröönte Boomwull plükkt. Kann joa aal wääsen. Nu willt de Mannslüü dat doch rejell weeten. See schmieten tohoop, un foahrt noa Rom – wiel, Koarl will ok mit de Poapst all Stükk ov wat Schlukk drunken hemm'n.

Dat is jüüst Ostern, as man in Rom ankummt. Dat Rundum üm de Petersdom is schwaart van Minschen. De Poapst weit boaben wat vöör sien Fenster rüm – un tomoal lirgen Koarl un de Bischoff van Rom sükk in d' Aarms. De Müürker ut Rechtsupwäch dor ünnern de kriigen hör Bekk gannich wäär to. Oaber dat, wat see seecht, is noch niks tägen dat, wat see twee Minüten loater van de linker Kant to hörn kriicht. Sächt doch een Italjeener to een annern: Kiek – dor boaben is Koarl – oaber well is denn blods de anner Keerl?

So een moi Peerd . .

Irgend wat wee los. Sieddem Opa Uloan güstern oab- end noa Huus koamen is, hett he noch keen dree Wöör schnakkt.

Nich dat he gnadderich is - nä, dat nich. Nä - he is anners - eenfach ruhich..De heele Dach sächt he nich veel.

Noa d' Middachäten günnt he sükk nich moal een Middachstünn'n. Oma will weeten wat los is. Ikk moot

vannoamiddach noch noa Auerk – ikk hevv dor noch
wat to beschikken. Dat is dat eenzige, wat see up hör
Froageree to hörn kricht.

Noad Middachäten de beid Vossen anspaant - un los
geit de Tour. De heele Noamiddach is Opa wäch. Oma
sitt mit de Kinner jüüst an d' Disch. Dat is Oabendbrod-
stied. Oma sitt jümmer so, dat see de Dammstää in d'
Ooch hett - wiel - neeschierich is see joa nich, oaber
weeten much see d' doch ganz gern aal.

Lütt Leni sücht dat toeers - Oma moakt een Gesicht, as
wenn hör een de Bakkschokken uthoakt hett. See hett
Uloan up de Warf drei'n sehn. Mit aal Mann stuuven
see noa buten. Up d' Warf steit nich dat Gespann mit de
twee Vossen - nä, de twee Vossen sünd wäch.

Nu hett Uloan een Peerd vöör de Woagen - dat sücht ut
as ut de spoansche Hoffrietschool. Een schneewitten
Schimmelwallach. Geschier un Peerd gliemen as wenn
se poleert sünd, un Uloans Gesicht versöcht dat noch to
övertrumpfen. Mit sien Oogen froacht he: wat sächt ji
nu? Man spört, he will wat hörn - he will hörn, dat see
aal Bifall klatschen.

Nümms rööcht de Hannen - Oma nich, wiel see vöör
Vergrellltheit glieks utnanner flücht, un de Kinner nich,
wiel see vöör dat platzen nich noch een an d' Bekk
hemm'n willn. So moot Opa Uloan sükk alleen höögen.
Is doch de Droom van sien Läven woahr wurden.

Een witten Schimmelwallach - dat is oaber ok een Bild
van een Peerd. Sophie denkt bi sükk, as wenn dat Peerd
ut een Gemälde van Koornbrannt - ov wo de Kerl noch
heet, de aal de moie Biller in Holland moalt hett -
rutsprungen is. Wüggelk een Droom. Un Uloan hett nu
so een Peerd!

Dor hett he de beid Vossen vöör intuuscht, un man blossich noch hunnerd Doaler uptogäven – dat wee een eenmoaligen Hannel. Oma hett noch düchdich wat hen un her futert - to 'n Utbruch is dat bi hör denn oaber nich koamen. Opa Uloan is de heele Wääk ünnerwäägenss. Sien Hannelee noa to goahn - un natürlich sien Schimmelwallach to wiesen.

Aacht Doach sünd in d' Land trukken - de Auerktuur steit up de Ploan. He glieks schmörgensup Auerk to. Stollt as Uloanen nu moal sünd, will he de Auerker wiesen, wo good he all mit dat Peerd ümgoahn kann. Dor hett sien Droompeerd hüm denn een dikken Strääk dörtrukken. In Auerk wee jüüst Pingstmaakt. See hevvt Sandhörst noch gannich richtich in d' Rüäch, kricht dat Peerd de Musik to hörn. Up een Schlach kunn sien Schimmelwallach blossich noch in d' Runn'n lopen. Dat Droompeerd wee över tein Joahr in een Kar'ssel inspaant west. So har een reisenden Peerhannelsmann Opas Droom van een Schimmelwallach to Geld moakt. To sien eegens natürlich.

═══════════════════════════════

So is dat nu moal . . .
Kanns ok särgen, good dat noch sükse Minschen givt !

Us Frünndin Christoa is een Minsch, so as ikk mi Minschen eelich wünschen do.
Mit Haart un Seel - mennichmoal denk ikk bi mi, för disse Eer veelsto schkoa. Denn fööl ikk oaber glieks achteran – man good so.

Ok wenn see schlöäpt – hör Oogen un Oorn luustern
jümmers in de Welt. Wenner dor wat dwarß löpt – see
sächt dat luut, un schrivt dat schwaart up witt.
Binnerwendich is see sowat up d' Höcht van de Tied –
kanns hoast särgen: jümmer twee Trää vöörut.
Buterwendich is hör dat sowat van engoal – man hett in
een Zeitungskantor allmoal achter vöörhollen Hand
sächt: Wat will de griese Muus denn hier.
As ikk all sächt hevv – us Frünndin schitt dor een
grooden Hopen up. Un de annern wunnern sükk, wat so
een Lüütji griese Muus aal van sükk gäven kann.
Annerletzt har see een van de Doagen to foat krägen, de
so'n bäten krüüz lopen. Ji käent säker wu dat is, wenn
man mit linker Been upsteit.
In d' Boadkoamer geit dat meist all los – statt Blendax
hett man Brix up d' Tannenbössel – statt Melis Soalt in
d' Koffi – moie Doagen sünd dat. Us Frünndin har sükk
denn ok noch mit Kattunn up hör Fuuk sett, wiel see
flink wat to Papier brengen wull, wat hör so tüschen
Bäed un Brause infalln wee.
De eerste Padd glieks mörgens noa d' Fuukenmoaker.
Een neeäd Nöäsenfoahrrad muß dorher. So een, wor see
mit över d' Schrievdisch foahren kunn. Dat bruks joa
nich jüüst een ut de Steernklaass to wääsen.
Richtich göäksch kummt see mit dat Deert noa Huus.
Hör Jung sücht n'türlich up dat eerste kieken dat wat
nee an sien Moder is.
Irgendwat is hüm denn överkoamen, as he sien Moder
in d' Aarm nemmt, un hör verkloart, dat see nich
jümmers so trüchstoahn un sükk moal 'n bäten wat
günnen schull. Anner Froolüü – meen he – klütern sükk
up, dat man foaken een Fregatte för een schmukked

Seilboot hollt. Liekers sää he – leev hevv ik doch blods di – oaber dien nee Fuuk – de sücht ut, as wenn du de ut een Altersheim mitnoamen hest.

Inhaltsverzeichnis: